SUBMERSÃO

J. M. Ledgard

SUBMERSÃO

Tradução de
Roberto Muggiati

1ª edição

2017

CIP-BRASIL. CATALOGAÇÃO NA PUBLICAÇÃO
SINDICATO NACIONAL DOS EDITORES DE LIVROS, RJ

L513s Ledgard, J. M., 1968–
       Submersão / J. M. Ledgard; tradução de Roberto Muggiati. –
       1ª ed. – Rio de Janeiro: Record, 2017.

       Tradução de: Submergence
       ISBN: 978-85-01-10953-8

       1. Romance escocês. I. Muggiati, Roberto. II. Título.

16-38621

CDD: 828.99113
CDU: 821.111(411)-3

Copyright © J. M. Ledgard, 2011

Texto revisado segundo o novo Acordo Ortográfico da Língua Portuguesa.

Todos os direitos reservados. Proibida a reprodução, no todo ou
em parte, através de quaisquer meios. Os direitos morais do autor
foram assegurados.

Direitos exclusivos de publicação em língua portuguesa
somente para o Brasil
adquiridos pela
EDITORA RECORD LTDA.
Rua Argentina, 171 – 20921-380 – Rio de Janeiro, RJ – Tel.: (21) 2585-2000,
que se reserva a propriedade literária desta tradução.

Impresso no Brasil

ISBN 978-85-01-10953-8

Seja um leitor preferencial Record.
Cadastre-se em www.record.com.br e receba informações
sobre nossos lançamentos e nossas promoções.

Atendimento e venda direta ao leitor:
mdireto@record.com.br ou (21) 2585-2002.

para Hamish Tadeáš

Descendit as inferna: o que significa que ele desceu até os locais inferiores. Em vez destes locais inferiores, a língua inglesa tem sempre usado esta palavra inferno.

Thomas More

Era um banheiro numa casa inacabada na Somália no ano de 2012. Havia um buraco na parede por onde o encanamento deveria entrar, e o piso era inclinado até chegar a um ralo, por onde a espuma devia escoar através de uma vala até chegar à terra do lado de fora. No futuro, talvez o chuveiro fosse instalado. No futuro, aquele poderia se tornar um lugar como outro qualquer. Mas para ele não era isso. Para ele, tratava-se de um lugar muito escuro e específico.

Ele ficava pelos cantos do cômodo, aonde os odores e os bichos perniciosos não chegavam com tanta frequência. O piso era feito de um concreto arenoso, que se desfazia quando era arranhado. Ele urinava e defecava suas fezes moles numa fossa coberta por um pedaço de papelão. Tentou tomar cuidado, mas o papelão acabou ficando sujo e salpicado, infestado de moscas e besouros.

A vala dominava o espaço. Ele a afastou. Mas, ainda assim, ela assumiu o controle sobre ele. O declive suave, tão suave, e mesmo assim corria em direção à luz...

Ele se viu levando um tiro na cabeça, caindo, um pé dando um chute no papelão, abrindo a fossa, as pernas suspensas sobre o buraco, o peito e a cabeça na vala, o sangue escorrendo por ela, coagulando pelo caminho.

Dentro era escuro, e o mundo lá fora era feito de fogo. Ele achava que a cidade de Kismayo havia se aproximado demais do sol. O buraco do encanamento ardia em sua mente. Ele enfiou um braço no buraco e o manteve lá até a pele queimar, em seguida fazendo o mesmo com o outro braço. Seus captores colocavam comida no cômodo toda manhã. Às vezes ela encostava nas manchas do papelão. Ele abriu uma fruta com o polegar. No meio havia uma polpa cinzenta de ovos. Ele a levou ao buraco do ralo e viu uma larva abrindo caminho entre os ovos. Ela rastejou sobre seu dedo indicador. Era branca, com a ponta da cabeça preta. Isso o fez pensar nos lenços xadrez preto e branco que os combatentes usavam na cabeça. Ele a levou à boca e comeu.

A sensação de encarceramento era violenta durante as manhãs. Ele ouvia o oceano Índico ali perto, e o som o fazia pensar nas viagens de férias e a trabalho que havia feito para a costa queniana, nas quais acordava em algum hotel antiquado com vasos sanitários lascados e aparelhos de ar condicionado pingando, onde dava voltas numa piscina comprida e de água morna nadando borboleta até não conseguir mais levantar os braços, corria pela praia do hotel e passava pelos ratos de praia que se aqueciam para seus exercícios, até chegar às pedras, onde flutuava na parte rasa da água para depois então caminhar lentamente de volta ao hotel, se deleitando com o ar parado que domina os trópicos ao amanhecer, quando não há uma só lufada de vento para agitar as folhas das palmeiras e as andorinhas-do-mar flutuam praticamente sem bater as asas. Ele se sentou no canto e reviveu os banhos frios que vinham em seguida, como costumava pegar uma camisa de linho passada do armário, pagar alguns xelins ao chefe dos carregadores por um exemplar do *Daily Nation* e um do *Standard* e se sentar na varanda para o café da manhã que consistia em mamão, ovos mexidos, torradas e chá queniano.

O suor atravessava a camisa que lhe deram. Estava escrito "Biggie Burgers" nela, e o tecido ficava pesado com a umidade, o sebo e a sujeira dele. Ele arranhava o concreto, desenhando formas, criando narrativas, e depois se esfregava no chão.

Certa noite, um rato correu vala acima, saindo do buraco do ralo. O animal ouviu a respiração dele no canto e parou. O rato brilhava sobre o papelão, e ficou parado com sua respiração curta e correu de volta para o seu mundo.

Em outra noite, a lua entrou pelo buraco do encanamento — um raio prateado — e ele se lembrou claramente de deitar para dormir numa floresta invernal tão pura e cristalina e extensa. Fazia parte de um exercício do Exército britânico em Finnmark. Ele olhou para o alto por entre os ramos de um abeto e viu a lua. A neve chiava sob seu corpo. Estava convencido de que podia se espremer novamente contra o abeto e pensou que, se pelo menos ventasse no cômodo, a árvore poderia se curvar e deixar cair parte da neve que estava em seus galhos.

Quando não havia lua, ele afundava na escuridão que Danny via quando explorava a profundeza abissal. Nessas noites ele se levantava no escuro, apoiava uma das mãos na parede e se masturbava. Não pensava nela nesses minutos. Tentava fazer de um jeito que fosse mecânico, concentrado apenas no próprio toque, sem um rosto ou um corpo, em silêncio, sem cheiros. Queria profanar o cômodo.

～∽

A essência disso é que existe outro mundo dentro do nosso, mas temos de viver neste até o fogo final aquecer as profundezas.

～∽

De todos os lugares sem iluminação, a Caaba, em Meca, é aquele que faz com que alguém se detenha por mais tempo pensando sobre o ar no interior. A estrutura tem treze metros de altura e suas laterais têm onze de largura: *caaba*, que significa cubo. Ela antecede o islã. Segundo a tradição, Abraão a construiu seguindo os pontos cardeais da bússola. Numa das laterais fica a pedra negra, al Hajar al Aswad, que todo peregrino sonha em beijar ao caminhar em sentido anti-horário pelo templo. As paredes internas têm inscrições de versos do Corão e são lavadas com perfumes. Ídolos pagãos as ocuparam por centenas ou talvez milhares de anos, um ídolo para cada dia do ano, alguns com expressões bondosas, outros não, mas todos foram destruídos na época do profeta Maomé.

O verdadeiro valor do ouro é ele ser capaz de ocupar seu espaço com enorme densidade. É o contrário do vazio no interior da Caaba, para onde todos os muçulmanos direcionam suas orações, que provavelmente ressoa mais que qualquer outro ponto no mundo.

A pedra negra fica além de tal análise. Ela há muito foi despedaçada e desgastada por beijos, e é mantida por uma moldura e um fio, ambos de prata. Trata-se, por aclamação, do objeto mais precioso do mundo, mas não é pesado. Análises demonstraram que ela é formada por areia do deserto derretida quando um meteoro atingiu o Quarteirão Vazio em tempos remotos. A pedra contém ferro, níquel e substâncias estelares e no interior dela há cavidades amareladas e esbranquiçadas que a impedem de afundar. Os muçulmanos acreditam que ela era branca quando Alá a entregou a Adão e Eva e desde então foi conspurcada por pecados. E também que se perdeu no dilúvio de Noé e foi encontrada flutuando nas águas.

Sob o piso da Grande Mesquita em Meca, onde se situa a Caaba, há uma colmeia de cavernas de lava. Foi nessas cavernas que os radicais religiosos que tomaram a Grande Mesquita em 1979 se refugiaram. Esses homens estavam convencidos de que o Mahdi havia chegado para governar os últimos dias do mundo. Combatiam por ele.

As cavernas são profundas em determinados pontos, e, nas paredes, há filmes da vida microbial à qual devemos chegar. Os mahdis lutaram com determinação e só foram derrotados quando o governo saudita converteu comandos franceses ao islamismo. Esses franceses supervisionaram o bombeamento de gases venenosos, granadas, rajadas de tiros e fogo nas cavernas. As mulheres mahdis escondidas diretamente sob o piso da Caaba cortavam o rosto dos seus homens para dificultar a identificação. Muitos dos mahdis lutaram até a morte. Aqueles que se renderam foram julgados em segredo e decapitados em público em quatro cidades sauditas.

Ficar no escuro, no calor, sentir-se enjoado com tanta frequência, receber picadas de insetos e mordidas de roedores, em meio a visitas da luz, tudo isso deixava sua mente agitada. Havia nele uma incerteza que dizia que as execuções realizadas com machado na Inglaterra dos Tudors, com cimitarras na Arábia Saudita e com uma adaga no rosto na Somália eram parecidas e que o sangue que era derramado por cada uma delas se misturava.

Era uma solitária. Ele falava árabe, mas não tinha intérprete para somali. Não permitiram que fizesse uma ligação. Não se falava em um valor de resgate. Seus sequestradores não eram nada parecidos com os bandos de piratas em Harardhere e Hobyo nem com as facções talibãs com e contra as quais ele trabalhou no Afeganistão, que venderiam qualquer refém em troca de dinheiro.

Ele corria sem sair do lugar. Plantava bananeira. Fez uma lista dos livros que baixaria no tablet quando fosse libertado. Seu nome era James More e era descendente de Thomas More e achava que leria *Utopia* novamente. Ele reuniu todas as informações que descobriu ou supôs sobre o grupo que o mantinha encarcerado, com o objetivo de entregá-las pessoalmente em um interrogatório no prédio do Serviço Secreto de Inteligência em Londres. Legoland. Com esse trabalho, sua mente não estava nem um pouco preocupada. Ele memorizou o rosto dos combatentes que não eram somalis, suas habilidades e o árabe que falavam entre si.

Para alguns reféns, a recordação da vida anterior ao sequestro desaparece, ou então há um sentido de suspensão, como acontece durante um período de hospitalização por algum motivo grave. Para ele, era como se alguns rostos fossem mais seguros que outros e algumas lembranças, mais importantes. Não conseguia se fixar em muitos detalhes íntimos, ao passo que outros eram insistentes. Seu subconsciente tentava dar sentido a um todo que parecia girar, se consumir e irradiar como um planeta no início de sua existência. Havia trechos de pensamentos sobre coisas às quais jamais deu atenção, tais como empresas que costumavam ter muita publicidade e depois desapareciam. O que tinha acontecido com a Agfa, por exemplo?

Ele se perguntava por que os camelôs na África não criaram suas próprias linhas de produtos. Por que não se podia comprar um elogio de um vendedor em alguma favela do mesmo jeito que se comprava um pacote de chicletes ou um cigarro? A menor moeda poderia comprar um pedaço de papel dobrado com um bilhete escrito à mão: *você é gentil, você é bonito* ou *suas realizações futuras ofuscarão suas realizações passadas.*

Em outras ocasiões, incumbia à sua mente a tarefa de reproduzir os sons e as imagens que ela havia armazenado. Ajudava a ter paciência. Ele se colocou novamente na floresta invernal, expirou e olhou para o alto. Flocos de neve caíam. Lentamente, a música chegou até ele. Pop, punk, trechos de sinfonias e sessões de jazz. Por fim, vieram os filmes e os programas de televisão, eventos esportivos — um *match point,* um *try* no rugby. Ele se transformou em seu próprio player multimídia, embora não houvesse nada de automático no processo; era biológico, contorções no barro vermelho, com estrofes faltando; as imagens que se moviam eram frágeis, elas tremulavam e logo desapareciam.

O raio de sol que entrava pelo buraco do encanamento se movia pela parede ao longo do dia. Ele o seguia. Só via o raio atingir a parede quando se virava para ela. Se fizesse isso, não o via entrar. Isso o incomodava. Todo ser humano olhava para a frente. Caminhava para a frente. Corria para a frente. Enxergava por meio de olhos em órbitas. O tempo andava para a frente. Um dia se somava ao outro. Adição e subtração. Danny disse que a subtração era a parte menos importante da matemática, pois tratava de tirar algo do que se era. Ele bateu a parte de trás da cabeça na parede. Só cabelo. Pele e osso. Desviou o olhar dos mosquitos que dançavam na luz. Ajeitou o papelão. Disse a si mesmo que, por causa da caridade e do amor, nunca se deve permitir que a morte domine seus pensamentos.

Ele se agachou num canto e se resignou com o tamanho do cômodo. Antes, enxergava cada cômodo por meio da mobília e da decoração dele e da luz que chegava através das janelas ou de lâmpadas. Aqui, o vazio se escancarava por todos os lados. O ar era repugnante, denso, úmido; estava esparramado num piso de excrementos, e o teto era a parte de baixo da superfície de um mar estranho.

A pintura de Pieter Bruegel, o Velho, *A queda dos anjos rebeldes*, nos mostra que realmente há uma força na subtração: subtrai-se de um anjo até terminar com um demônio. Se baixar uma imagem da pintura no seu computador, ou, melhor ainda, se a vir pendurada no Museu Real de Belas-Artes, em Antuérpia, será possível perceber como os anjos rebeldes caem do céu no canto superior esquerdo da tela rumo ao inferno, no canto inferior direito. Suas asas inicialmente são subtraídas por asas inferiores de morcegos e dragões. Perto da terra, são reduzidos a mariposas, rãs e outras coisinhas frágeis. São conduzidos em grupo pelos anjos dourados do céu, armados com escudos, lanças e espadas fulgurantes, cuja missão é desinfetar nosso mundo. Será possível ver como os anjos rebeldes continuam mudando de forma conforme são conduzidos para um mar, cuja abertura é um cano de esgoto obscuro. Eles perdem as pernas, as asas, toda a esperança de emergir e se tornam peixes, lulas, ovas e sementes de árvores que jamais serão plantadas. Debaixo d'água, continuam sendo subtraídos de suas antigas formas até finalmente se tornarem incorpóreos e transparentes no fundo.

Seria interessante mostrar uma reprodução desse quadro a um combatente jihadista, que talvez nunca tenha visto algo tão visualmente imaginativo, e constatar se ele ficaria horrorizado ou aplaudiria os anjos, que espetam e perfuram as criaturas inchadas.

∿

Ela pegou um TGV em Paris e fez uma conexão numa cidade pequena do interior, mudando para um trem de vagão único chacoalhando nos trilhos que pareciam cada vez mais estreitos, não de maneira desagradável — de fato, chacoalhava de tal forma que ela não conseguiu mais trabalhar no laptop, então o fechou e decidiu que suas férias tinham começado. Olhou de soslaio para os outros passageiros, típicas esposas de pescadores e filhos de fazendeiros de tez avermelhada, e observou a paisagem. Aquela parte da França começava a parar. Estava a uma semana do Natal, época de geadas góticas e severas e da primeira neve que não derretia. Todas as folhas foram levadas das árvores pelo vento, os rios e os córregos tinham sido cobertos por uma fina camada de gelo, e a água congelada perto dos trilhos tinham bolsões de ar, como se tivessem sido atingidas por patas e garras de animais em pânico no interior deles. Ela via a beleza austera em tudo aquilo, além da matemática. De repente, o mar se fez presente entre duas colinas lisas em forma de seios. Ela sorriu: tudo sempre voltava a isso.

Sua parada era mais uma pausa do que a passagem por uma estação. Ela ajudou um aposentado a desembarcar e em seguida voltou e pegou a mala. A plataforma tinha uma rampa em cada extremidade. No centro havia uma cobertura de plástico, como um ponto de ônibus. Ela ficou ali, protegida do vento. Encontrou um quadro de horários colado: havia um aviso da igreja, outro do clube de ciclismo e uma oferta de fígado de ganso escrita à mão. Tinha um grafite ao lado, quatro assinaturas de uma só cor. Era simples, mas ela se sentia grata por estar ali, na calmaria, e não em Londres, em meio ao barulho.

Para muitos dos seus conhecidos, não era claro de onde a professora Danielle Flinders era ou se era o tipo de mulher que um dia encontraria espaço na vida para um relacionamento mais duradouro. Existia algo de obscuro em Danny, diziam, algo rígido, algo estriado. Essa avaliação carregava certa verdade, especialmente porque, interessante como era, ela gostava de sexo do seu próprio jeito e era inclinada a julgar seus parceiros sexuais como algo até certo ponto descartável, como parceiros de squash. Porém, no sentido mais amplo de pertencer a algum lugar, é mais justo afirmar que, na condição de professora titular mais jovem do Imperial College de Londres e professora convidada na ETH, em Zurique, ela era uma daquelas mulheres modernas bem-sucedidas que viveram em tantos lugares que não existe um único que possam chamar de lar. Pode-se dizer também que qualquer amigo que a achava inconstante não era um amigo de verdade, pois a lealdade era um dos traços que ela inspirava. Sua constante mudança de ares não era uma questão de fuga do passado, abandono de uma infância desestruturada, instabilidade emocional ou algo do gênero. Pelo contrário: foram seus pais que a colocaram em movimento. Seu pai era australiano e sua mãe, martinicana. Danny tinha irmãos. Formavam uma família feliz e bastante unida. Ela cresceu em Londres, na Côte d'Azur e em Sydney, e todos esses lugares influenciaram sua formação. Em sua aparência e na variedade de roupas, hábitos e modos havia algo do histórico crioulo da mãe. A língua era uma coisa importante para ela. Teria considerado traição escolher o inglês em vez do francês por pura conveniência. Era altamente científica, no sentido iluminista de exigir que as humanidades permeassem suas ideias. Seus detratores nunca devem tê-la visto trabalhando, pois o que lhe faltava em constância ela compensava com vocação. Muitos indivíduos encontram dificuldade para descobrir como aplicar seus conhecimentos no mundo, mas Danny se dedicava a um ramo da matemática chamado biomatemática. Resumindo, basta dizer que ela vinha tentando compreender a vida pululante nas partes escuras do planeta numa época em que, na superfície, a própria humanidade se proliferava e se estabelecia em círculos cada vez mais complexos, porém menores e mais indiferentes. Ela poderia ter admitido que a perspectiva que buscava expor era complicada e ameaçadora demais para atrair um grande público, mas não ali, na plataforma da estação ferroviária, no primeiro dia de suas férias de fim de ano.

Um cavalo com uma carroça entrou no estacionamento de vagões com chão de cascalho atrás da plataforma. Um rapaz desceu e acenou. Ela caminhou até ele. Ele pegou sua bagagem e a ajudou a subir, colocando uma manta sobre os joelhos dela. Ele tinha hálito de leite e bochechas esburacadas. Ela não se lembrava dele do ano anterior.

— Vamos viajar devagar — disse ele. — Agora. Lá vamos nós.

Ela respirou aquele ar. Era mais suave, mais terroso.

— É bom estar de volta.

— Teríamos mandado um táxi para outra pessoa, mas o gerente disse: "Não, madame Flinders vai gostar da carroça." Está vendo? Estamos levando até as compras na parte de trás.

Ela se virou e olhou. Havia faisões, um porco, sacos de carvão e correspondência. Entraram na estrada principal. O rapaz segurava as rédeas sem força. Ela concluiu que o conhecia, só não conseguia se lembrar do nome dele. Era uma hóspede costumeira do Hotel Atlantic, que chegava depois da festa de Natal do departamento e voltava a Londres de Eurostar na véspera do Natal. Mal havia passado da hora do almoço, mas o céu estava escuro. Começou a nevar e chover. Um Renault de faróis amarelos veio na direção deles, passou pelos dois, jogando neve derretida. Seus limpadores de para-brisa estavam rápidos demais, pensou ela.

Entraram por um caminho com sulcos e congelado entre dois campos. Os sulcos estavam cobertos de neve. Depois de um longo e silencioso percurso, cruzaram uma estrada de macadame e passaram por uma placa com o nome do hotel. Seguiram em frente, descendo por um caminho com um cercado de ovelhas em grandes pastos de cada lado, no estilo *parkland* inglês, carvalhos e um muro de pedra que penetrava num bosque feito uma flecha. Havia baixado um nevoeiro, ocultando o mar. Ela comemorou quando chegaram ao hotel. Desceu, depois hesitou. A primeira decisão das férias era importante. Tudo em Londres era pago com tempo e com dinheiro. Ela se contentava com duchas em Londres. Aqui, com as mãos e o rosto já dormentes de frio, decidiu caminhar até a praia. Faria o check-in no hotel quando voltasse, depois iria para o quarto e tomaria um banho quente. Nada de trabalho. Não, disse a si mesma. Depois do banho, assistiria a um filme e comeria cedo no salão de jantar.

— Você poderia levar as minhas malas para dentro, Phillipe? — pediu, lembrando o nome dele. — Vou dar uma volta.

— Quer que eu acenda a lareira do seu quarto?

— Sim, obrigada. E será que poderiam me levar um chá — ela olhou para o relógio — daqui a mais ou menos uma hora?

— Mas é claro, madame. Estaremos aguardando seu retorno.

Ela deu um nó no cachecol, fechou o zíper da jaqueta preta impermeável até o colarinho e desceu pelo gramado até chegar aos pinheiros. Formavam um grupo de árvores modesto, mais belo e vulnerável que no ano anterior, com a mudança climática, com as tempestades, o sal na resina. Gostava da sensação do gelo sob suas botas nas sombras. A distância, havia dunas imponentes em tons de amarelo. Ela as escalou e viu lá embaixo a praia que se alargava até perder de vista. Fazia uma curva e tinha areias marrom-claras. Havia uma laje de rocha negra no centro que ela adorava. Desceu e caminhou por toda a sua extensão. Ela a imaginava como um altar, ou então como os lábios da praia. As bordas da rocha penetravam em suas botas. Eu tinha me esquecido disso, falou para si mesma. Ela se lembrava da espiral em torno da rocha, não do quanto era afiada — o modo como cortava e limitava. Deu um pequeno passo para a infância e tentou ver as piscinas de rochas com olhos de criança. Ela viu estrelas-do-mar e siris e se recusou a nomeá-los. Seu conhecimento sobre a vida marinha era tão extenso que ela precisava ter cuidado para bloquear os detalhes: o modo como as sanguessugas de água salgada articulavam a cabeça sobre a cauda ou as cores indicando as inúmeras vidas microbiais incrustadas em cada saliência da rocha.

A areia nas imediações era açúcar refinado e as pegadas que deixava a caminho do mar eram açúcar demerara. A margem estava lodosa e agitada com cascalho, conchas e algas. Uma tempestade devia ter desabado. Ela sentiu a necessidade de tocar o Atlântico outra vez. Tirando as luvas, abaixou-se e colocou as mãos na água até que ficassem dormentes. As profundezas dos oceanos preenchiam sua mente que não parava de trabalhar, mas naquele momento ela estava determinada a simplesmente observar a ação do vento sobre eles e as gaivotas que voavam em círculos acima da água. Tinha ido ali para ver o mar, não o oceano.

A lenha da lareira queimava na recepção. Um computador antigo com um símbolo amarelo-alaranjado estava sem uso atrás do balcão como uma espécie de relíquia, uma lembrança de quando as máquinas de computar eram enormes, lentas e ainda não eram uma certeza, e funcionava como uma afirmação de como o *establishment* perdurou ao longo das revoluções tecnológicas. Uma árvore de Natal ocupava o outro lado do saguão, com uma decoração local de flores secas, ornamentos reluzentes e velas douradas. Ela bebericou seu chá quente e claro enquanto conduziam as formalidades. Assinou seu nome no grande livro de registro de hóspedes com uma caneta-tinteiro e lhe deram a chave do quarto feita de latão. Um carregador a conduziu pelo saguão e pelo salão de fumantes até um velho elevador com a palavra em inglês UP iluminada sobre a porta pantográfica. Ela pediu para subir de escada. Sua suíte ficava nos fundos do hotel, no segundo andar, como tinha pedido. Havia um quarto e uma sala de estar com um enorme tapete turcomano de seda. Essa parte do hotel datava dos dias em que ele era um solar, a parte onde as vigas do teto tinham passado um ano ensopadas de leite para endurecê-las. Tinha vista para os gramados, os pinheiros e a praia mais além. À noite, era possível ver o farol. Ela encontrou um bilhete escrito à mão sobre a cama, dizendo que aquele era o terceiro domingo do Advento e, por uma tradição do hotel, os hóspedes eram convidados a se servir de bisque de lagosta e de outros pratos na cozinha sem nenhum custo adicional. O bisque seria servido numa sopeira de Meissen azul e branca e as mesas do salão de jantar seriam providas de talheres de ouro. Ela colocou o bilhete na mesa de cabeceira e se despiu.

A banheira era antiga e profunda. Os óleos fornecidos eram caros e aromáticos. Semi-imersa na água escaldante, ela adormecia e despertava. Tinha planejado ligar para a mãe, mas foi tomada por uma tontura. De roupão, caiu no sono na cama e acordou com a escuridão e a lareira que ardia num ritmo constante. Ela acendeu uma luz, ajeitou os cabelos e colocou um vestido. Antes que pudesse fechar o zíper, mudou de ideia. Tirou o vestido, colocou a calça do pijama, uma camiseta e um suéter de caxemira. Ligou para o serviço de quarto e pediu o bisque, uma salada de batata e uma garrafa de vinho branco. Seu assistente de pesquisa e amigo, Tom Maxwell, ou Thumbs, havia copiado vários filmes para ela. Ela colocou o disco no aparelho e assistiu a *Os caça-fantasmas*. Thumbs falou que ela ia adorar a conexão suméria. Quando o jantar chegou, ela se serviu de uma taça de vinho, desligou o filme e saiu para fumar um cigarro na varanda. Havia começado a nevar.

Houve muitos locais de espera em sua vida de viajante. Sua infância foi diferente. Foi num só lugar. Ele cresceu no norte da Inglaterra, onde um rio corria para o mar do Norte. Quando a maré estava no nível mais baixo, dava para vadear até o outro lado do rio. Havia uma competição. Era preciso manter os nervos no lugar: bastavam alguns passos e se acabava completamente submerso.

 Sua família morava numa casa de estilo regencial inglês no limite da terra comunal. Do quarto, conseguia avistar um moinho preto cujas pás só giravam nos dias em que ventava muito. Chamavam-no de moinho satânico. Os adros da cidade ficavam cheios de gaivotas e o ar era salgado quando o vento soprava da Dinamarca. Caso se subisse na basílica durante o inverno, dava para ver o gelo nos pântanos e o feroz mar do Norte mais além.

Os cavalos eram uma parte importante de sua vida. Montá-los era não se sentir confinado de maneira nenhuma, a não ser a olhar para a frente. Havia montado cavalos nas férias escolares, atravessando a terra comunal até o mar e junto à orla. Ele se alistou no Exército por causa dos cavalos, mas acabou no regimento de paraquedistas, não nos hussardos. Não importava o quanto tentasse, a lembrança do toque e do cheiro dos cavalos ainda lhe escapava. A possibilidade de subir no lombo de um cavalo na escuridão fedorenta somaliana e ocupar o cômodo era mais fabulosa para ele do que se um dos anjos dourados surgisse e ele pudesse tocar suas asas e vestes.

Não era uma pessoa de ficar em casa, confinado em um apartamento francês apertado, com uma espreguiçadeira para pegar o sol da tarde, cinzeiros caros e mesas cobertas de pilhas de revistas. Morava numa bela casa no distrito de Muthaiga, em Nairóbi, mas se sentia mais confortável no jardim. Degraus levavam a uma piscina e uma varanda com uma longa mesa, onde passarinhos repousavam e voavam novamente para se alimentar na campânula das flores no alto. O gramado subia até dar numa ribanceira. Ele havia plantado capim na parte superior, de modo que à noite o volume das cigarras era alto. A parte de baixo era tomada por suculentas e grandes teias de aranha e terra batida. Era sombrio. Ele raramente descia até lá. Havia uma cerca elétrica que faiscava de vez em quando e do outro lado havia um riacho ao longo do qual os bandoleiros de Nairóbi vadeavam à noite com seus cortadores de cercas, suas barras de ferro e suas armas. Durante o dia, espirais de fumaça subiam da floresta do outro lado do riacho. Ouvia-se o som do tráfego na estrada Thika. A fumaça dos inúmeros micro-ônibus carregando os nairobianos do e para o trabalho de alguma forma clarificava as flores e lhes dava uma essência de vulnerabilidade: ali estava um jardim que podia ser varrido num dia.

Na temporada de chuvas, ele dirigia seu carro de Upper Hill para casa, já tarde, passando pelo último dos trabalhadores pendulares encharcados que seguiam a pé pelos lixões nos fundos do distrito financeiro central. Desviou do tapete de pregos amarelo da estrada nos postos policiais. A polícia tinha guarda-chuvas e lanternas baratas. Desabava um temporal, a luz da lanterna brilhou em seu rosto e não dava para imaginar que os policiais largariam seus guarda-chuvas e ergueriam suas metralhadoras. E o que fariam com as lanternas?

A chuva era outro tipo de cortina que separava os ricos dos pobres. Ninguém se movia nas favelas de Nairóbi durante aquelas noites intensamente molhadas e frias. A lama e o lixo escorriam por baixo das portas de estanho. Os córregos se agitavam com ondas. Os bandoleiros estavam afundados até o pescoço. Quando entrou em casa, descobriu que a governanta tinha ficado até tarde. Ele sempre comia sozinho e bebia perto da lareira e trabalhava no laptop na mesa ao lado da janela, ou deitava no sofá e ouvia música.

Gostava de correr de manhã depois de uma tempestade por longas avenidas ladeadas por jacarandás. Passava pela residência chilena, pela Liga Árabe, pela residência holandesa e continuava em torno do Clube de Golfe Muthaiga. Os campos ficavam inundados, seus tênis ensopados, as pernas respingadas, uma corrida de cross-country, de lebres e cães, só que não havia lebre alguma. Foi por acaso que, ao voltar para casa depois de uma dessas corridas, ele percebeu que os bandoleiros tinham feito um buraco em sua cerca viva à noite. Havia trapos na cerca elétrica, no ponto onde baixaram o arame com pedaços de pau. Por algumas noites, ele trancou a varanda. Os guardas fecharam o buraco com galhos e apontaram as lanternas para lá. Parecia um portal.

Em outra manhã, ele saiu e encontrou uma hiena morta numa vala perto do portão. Ela não tinha sido atropelada por um carro. Não havia nenhuma marca. Apenas na Somália, encarcerado, foi que ele percebeu que a máscara fúnebre do animal falava de limites e da busca por um jeito de sair ou entrar. Nairóbi se aproximou da hiena como as paredes móveis de uma sala daquelas antigas séries de aventura que matavam algum coadjuvante esmagado.

~⟶

O Atlântico é o oceano mais atravessado e estimado pelo homem. Cobre um quinto do globo. A terra que o margeia é maior que a terra que margeia o Pacífico. Ainda que o Amazonas, o Congo e diversos rios menores o abasteçam de água doce, o Atlântico é mais salgado que os outros oceanos. Sua profundidade média é de três mil novecentos e vinte e seis metros. Há depressões em sua planície abissal majoritariamente nivelada. A mais profunda é a fossa de Porto Rico, com oito mil seiscentos e cinco metros. Sua estrutura mais impressionante é a dorsal mesoatlântica, que se estende do mar da Groenlândia ao oceano Antártico. O cabo telegráfico instalado pela Atlantic Telegraph Company, de Cyrus Field, em 1858, nada fez para reduzir a quantidade de água contida no Atlântico, mas levou a um estreitamento do espaço-tempo por meio de pulsos de som e depois de luz. O Atlântico deixou de ser uma vastidão viking para se tornar um mar atravessado rotineiramente em alguns dias de navio a vapor e depois, em horas, de avião.

O Hotel Atlantic, por contraste, é um antigo solar na costa atlântica francesa que foi transformado em hotel por César

Ritz, décimo terceiro filho de um pastor suíço, o hoteleiro dos reis. Há um hotel-irmão nos Alpes Marítimos, nas primeiras montanhas cobertas de neve a partir de Nice, mas o Atlantic é a joia do Ritz. A grafia em inglês, Atlantic, e não Atlantique, pretendia insinuar ao mesmo tempo pedigree e modernidade. Ele se aproximava do que Ritz considerava o hotel do interior perfeito e contrastava com o estilo *belle époque* de seus hotéis urbanos. Tornou-se um sucesso: não havia necessidade de fazer propaganda. Com suas tradições e a localização tranquila e remota, a maioria das reservas é para mais de três noites.

Até mesmo Nabokov previu um futuro estilo Jetsons com aviões silenciosos, aerociclos graciosos e um sistema universal de estradas subterrâneas acolchoadas. Entretanto, tratando-se de Nabokov, tratando-se de um lepidopterologista, ele tinha um senso flutuante de perspectiva. "Quanto ao passado", escreveu, "eu não acharia ruim resgatar de alguns cantos do espaço-tempo certos confortos perdidos, como calças folgadas e banheiras compridas e profundas".

Ele estava de saco cheio do trabalho e de Nairroubo. A viagem matinal entre Muthaiga e Upper Hill tinha acabado com ele. Era bom estar longe dali. Voou de classe executiva pela Kenya Airways de Nairóbi até Paris e depois pegou o trem da manhã para La Roche-sur-Yon. Como perdeu a conexão em La Roche, teve de esperar por uma hora. A plataforma estava gelada, enquanto no saguão de espera da estação fazia calor. Havia uma fornalha a lenha. As paredes eram adornadas com as pequeninas cabeças de cervos. Os bancos eram envernizados. Em um canto havia uma lanchonete com um pequeno balcão curvado, que servia café, conhaque, sopas recém-preparadas, cozidos e pudim de leite. Uma alegria prevalecia com a estação. Aquilo de certa forma o entristecia: a vida era tão mais tranquila que a África.

Ele embarcou num trem regional. Seu único farol brilhava como o olho de um ciclope. Um táxi Mercedes com uma placa no teto o esperava em seu destino. Era um carro zero, com bancos de couro preto, ainda com cheiro de novo. Um maço de cigarros fechado repousava sobre uma bandeja ao lado da caixa de marcha. Um CD com os versos do Corão rodopiava, pendurado no retrovisor. O motorista era argelino. James puxou conversa em árabe. O motorista se virou, coçou a barba por fazer e o fitou: era como se o passageiro tivesse se materializado no banco de trás. Saíram da estação passando por um quiosque, depois entrando e em estradas menores, sob as faias, depois por um campo, por outros troncos retorcidos, cercas de metal, ovelhas. O tempo estava bom. Ele via dunas a distância, o mar, barcos na água, pequenas ondas. Havia um quê de Biarritz, um quê de ilha de Mull, o céu, o mar, e, quando entrou no Hotel Atlantic, a qualidade das tapeçarias, dos uniformes e a atenção aos detalhes nas flores e em outros arranjos o fizeram se lembrar do Hotel Bernini, na Piazza Barberini, em Roma.

Foi direto jantar. Era alguma ocasião especial. Os hóspedes foram convidados a se servir de bisque na cozinha do hotel. Ele foi até lá. O piso era de ladrilhos pretos e brancos em formato de losango. As janelas altas estavam cobertas de vapor condensado. Dava para sentir, mas não ver, a neve caindo em grande volume do lado de fora. Havia dezenas de panelas com fundo de cobre penduradas sobre os fogões a gás. Sem pressa, o chef em seu uniforme branco fatiava e cortava em cubos.

Havia outros oito hóspedes no salão de jantar. Ele percebeu vagamente suas conversas e formas, assim como havia acontecido com o chef. Era uma tendência sua relaxar em qualquer lugar que fosse seguro, esquecer o que era periférico e restaurar certo sentido de si próprio. Além do bisque, havia também pratos de faisão, ganso, tripas, robalo salgado, verduras, pudins, *fondants,* frutas e queijos. As mesas foram postas com toalhas de linho branco, velas e talheres de ouro. Havia fotos de hóspedes famosos penduradas no painel de madeira de macieira. Entre elas via-se Mozafar Adim Xá, da Pérsia, jogando moedas para as crianças locais e Henrik Ibsen comendo um ganso no Natal de 1899. Mark Twain foi fotografado no mesmo salão uma década depois. Lá estava também a meio-soprano Giulietta Simionato, de boca aberta, o peito inflado, e uma foto colorida do presidente François Mitterrand em sua suíte no hotel, observando no meio da noite o mar que margeava a França.

Estava inquieto. Havia nele uma falha que o incitava a catalogar, em vez de apenas aproveitar. Pegou um garfo. Veja o que ele de fato é. É folheado a ouro, só isso.

Seu quarto ficava no terceiro andar, de frente para a colina na direção do campo e do bosque. Quando abriu a janela, ouviu o grasnar das gaivotas. Considerou pedir um quarto maior. Talvez de manhã. Os quartos de hotel na Europa eram sempre menores do que se esperava. No início, era uma decepção, mas e daí, a vida era assim, e, quanto mais tempo se passava no quarto, mais acolhedor ele se tornava. O que não se gostava era o que o distinguia. Ele sentia que talvez o que separava a Europa dos Estados Unidos fosse a tolerância ao que era distinto. Os Estados Unidos falavam de individualidade, mas proporcionavam o invariável e a réplica. Pela sua experiência, os hotéis norte-americanos eram pré-fabricados, com música de fundo, corredores abafados, janelas coloridas que não abriam, ar-condicionado que não podia ser desligado, uma pequena banheira de plástico, água clorada — morna, jamais quente

—, um copo de plástico numa embalagem de plástico. Quem beberia aquilo? Já na África havia sempre uma garrafa d'água e um copo na mesa de cabeceira, e geralmente se encontrava algum corredor que dava para um jardim, além de piscinas nos melhores hotéis, onde à noite era possível nadar para a lua, impedido apenas pela cerca elétrica na extremidade do complexo, e assim se flutuava na parte funda acima da confusão de luzes de alguma cidade africana no vale lá embaixo — amontoados desordenados, erroneamente belos, como a radiografia de um cérebro danificado.

Além disso, não havia nada de errado com o quarto que lhe deram. Tinha duas mesas, uma sacada, uma lareira, uma cama dispendiosa, uma série bem arrumada de gravuras do regimento de Aquitânia. O banheiro tinha janelas, uma banheira de ferro com patas de leão e um chuveiro cujas engenhosas armações cromadas não contavam com canos visíveis.

Depois de desfazer a mala, ele desceu ao bar. Pediu uma dose grande de uísque. O barman — que descobriu que se chamava Marcel — era primo do chef. Parecia jovem, mas tinha orelhas de couve-flor que o denunciavam como jogador de rugby. Irradiava um profissionalismo que era um convite à sinceridade. Isso fez James ser cauteloso.

— Você joga rugby.

— Jogava.

— O que fez você parar?

— Ah, sabe, eu quebrei o pescoço.

Eles conversaram um pouco sobre o estado da França, uísques, rugby queniano, e depois James pediu licença e se sentou a uma velha mesa diante de uma grande lareira de tijolos. Acima dela, pendurada na parede, ficava uma grande televisão de tela plana. Estava desligada. Olhou para ela.

— Só para o Dia da Bastilha e esportes, meu amigo — avisou Marcel, trazendo outro uísque.

Ele leu os jornais no tablet. Viajava com pouco peso, apenas com o que era necessário. Tinha um relógio IWC de aço, uma bolsa, nenhum livro impresso e ao mesmo tempo dezenas no tablet: era 2011, e ele mantinha ao seu alcance alguns poucos romances, coletâneas de poesia e jornais que lhe recomendaram, tudo em um aparelho mais leve que uma revista. Tinha ficado surpreso em constatar a rapidez com a qual a tela digital o havia conquistado. Palavras eram formas. Entrava-se nelas, elas entravam no leitor. Era verdade que o aparelho colocava um fim na relação entre livro e leitor, mas isso não era um problema quando em troca se tinha uma biblioteca à mão e a capacidade de esconder códigos nela.

Quando deitou na cama naquela noite, seu tablet brilhava no quarto sem nenhuma outra fonte de luz. Lá fora a neve caía. Alheia aos hóspedes, a brancura se apoderava da construção na escuridão. Havia espectros. As gaivotas mal eram ouvidas através das cortinas. Com um deslize do dedo, ele marcou algumas frases de setecentos anos de *Piers Plowman*, de William Langland, e as arquivou com outro movimento numa pasta no aparelho:

> E assim segui, viajando por muitos lugares, caminhando sozinho por uma região selvagem e sem plantações, seguindo os limites de um bosque. Os pássaros exultantes me fizeram delongar e deitei por um momento numa clareira, sob um limoeiro, ouvindo o delicioso gorjear dessas aves. Os sons animados que saíam de suas gargantas fizeram efeito em mim, até eu cair no sono bem ali.

Um sábado de julho em Londres. Todas as janelas do apartamento estavam abertas. Ela se forçou a assistir ao noticiário da noite. Mesmo àquela hora havia gente pegando sol no jardim da praça.

Ela tomou um banho frio e depois se sentou à mesa de trabalho junto à janela com uma xícara de café e um cigarro. Faltava uma semana para sua viagem ao mar da Groenlândia. Pegou um pedaço de papel que havia sido colocado em seu escaninho na universidade pelo seu desequilibrado colega polonês, Tomaszewski.

"Pensamento do poeta nacional polonês Czeslaw Milosz quando cai o Muro de Berlim", rabiscou Tomaszewski com uma caneta esferográfica azul.

E então a citação em letras maiúsculas:

> O que acontecerá a seguir? O fracasso da visão de Marx criou a necessidade de outra visão, e não de uma rejeição a todas as visões. O que resta hoje é a ideia de responsabilidade (quando a ideia de progresso do século XIX se extinguiu), que vai de encontro à solidão e à indiferença de um indivíduo vivendo na barriga de uma baleia.

Tomaszewski havia sublinhado a palavra baleia.

Ele contou como os dois andaram de mãos dadas na neve e como Danny se virou para ele e explicou que havia um vasto número de salpas e águas-vivas no oceano cujas migrações verticais eram equivalentes em escala aos pássaros alçando voo das dunas para o espaço.

— Numa escala planetária, os pássaros rastejam — comentou ela.

Utrinque Paratus. Prontos para tudo. Esse era o lema do regimento de paraquedistas. Qual era a orientação dele no espaço? Tinha saltado de aviões como paraquedista. Mergulhava. O ar era rarefeito. A terra se aproximava rápido. Ele jamais encontrou aquele espaço interior que intensificava formas.

Ela era matemática e oceanógrafa. Havia estudado na St. Paul's Girls School, em Londres, e na St. Andrew's University, na Escócia. Depois, passou um período na CalTech, em Pasadena, fez doutorado e deu aulas na ETH e se tornou professora no Imperial.

Seu primeiro trabalho na ETH foi num projeto para rastrear os padrões de mergulho das baleias-bicudas-de-cuvier no mar da Ligúria. Aquilo foi muito zoológico, muito macroscópico. Eram as profundezas que lhe interessavam. De início, pensou que fosse trabalhar na modelagem dos fluxos que fazem circular quantidades gigantescas de água entre os oceanos. Isso se mostrou muito mecânico. Seus interesses se tornaram biomatemáticos — concentrados na estimativa de vida microbial na camada mais profunda, a zona hadal.

Era londrina. Em Londres, podia levar diferentes vidas num mesmo dia. Era uma estrela no departamento de matemática, rica e experiente. Com os pais e os irmãos, levava uma vida de *jet-setter*. Seu apartamento não ficava longe da universidade, também em South Kensington. Ela usava um relógio de mergulhador, um relógio masculino, dourado com visor preto. Gostava de pensar que aquilo a conectava com os primeiros aquanautas da Marinha francesa. Ser mulher não ajudou na sua carreira. O glamour pode ter ajudado. Quando ia a uma festa, ia para ser vista. Podia usar um vestido aberto nas costas, brincos de diamantes, um velho par de sandálias italianas e sua bolsa ostentava algum tema africano.

Por um tempo, pode-se dizer que o abismo a atormentou. O contraste com o que havia na superfície e o que existia lá embaixo talvez tenha aumentado seu desejo natural por retornos ao ponto de partida. Ela adernava entre o trabalho e a autodestruição. Em um evento na Royal Geographical Society, notou um homem que havia conhecido em Zurique. Os dois foram embora juntos. Houve muitos desses encontros. Ela ia a boates sozinha. Ou era a matemática ou então estava na cama. Quando se tornou professora, passou a se retrair ou talvez tenha amadurecido. Parou de tomar estimulantes. Implementou barreiras na vida. Dividiu as pessoas entre amigos-do-trabalho e amigos-amigos. Seus amantes ficavam num outro compartimento. Quando ia visitar os sobrinhos e as sobrinhas em Holland Park aos domingos, qualquer um que fosse divertido o suficiente podia ser convidado a acompanhá-la, mesmo se só estivessem saindo, contanto que aceitasse chá, bolinhos e um passeio pelas galerias depois. No entanto, quando estavam apenas os adultos, tudo era restrito.

Thumbs era o único amigo-do-trabalho a ser convidado para visitar sua família. Seus irmãos gostavam dele, e não apenas porque ele oferecia uma desculpa para que jogassem videogame. A risada dele era cativante. Thumbs era desajeitado, incapaz de conter suas inseguranças. Seu escritório era decorado com pin-ups peitudas de joelhos, molhadas, com cabelos muito escuros. Até onde ela sabia, ele nunca teve uma namorada. Quando falava obscenidades, Thumbs ficava ruborizado e inquieto. Mais do que seus irmãos bem-sucedidos, Thumbs conseguia trazer à tona a irmã que havia nela. Ele era depressivo, sujo, o tipo de homem que ficava girando dados de Dungeons & Dragons no bolso. Não suportava fazer exercícios, exceto pela pedalada até o trabalho, com os cabelos longos achatados pelo capacete, e pelas caminhadas de verão na cabana dela em uma montanha na Ligúria, de onde ele voltava mais magro e menos pálido. Ela levava comida e vinho para o apartamento de Thumbs. Ele fornecia cerveja, maconha e chocolate. Ela atraía o dinheiro para a pesquisa, tinha essa habilidade, mas os dois compartilhavam a autoria nos documentos publicados. Tinham uma flexibilidade mental similar. Trabalhavam juntos na lousa, alternando Pilots. Defendiam visões parecidas sobre a interdisciplinaridade do conhecimento: não seria demais dizer que ambos se sentiam próximos a uma descoberta que mudaria para sempre a compreensão das dimensões da vida na terra.

A rotina se tornou importante para ela. Danny jogava squash na universidade. Nadava. Almoçava na cantina. Às quintas geralmente ia ao cinema com seus colegas, não sem antes jantar no mesmo restaurante numa rua perpendicular à Old Brompton Road. Tentava encontrar as amigas toda semana. Cozinhavam juntas. Tinham um clube de leitura. Iam a galerias de arte e a balés. Ela respondia às perguntas das amigas sobre o trabalho, mas nunca pesava a mão nas respostas com análises complexas aplicadas ou dinâmicas não lineares.

No amor, era aquela velha história. Seu corpo se sentia atraído por homens que tinham pouca serventia à sua mente. Em sua experiência, os banqueiros, em particular, eram incapazes de perceber a importância do que quer que fosse. Um deles se sentou num avião para Nova York e não olhou uma só vez para fora, nem para o gelo nem para as rochas da Groenlândia, nem mesmo para o cabo Farvel, Uummannarsuaq, muito menos para o mar, e não deu a mínima para os seus comentários sobre o vento de proa ou a quantidade de oxigênio no ar. E não eram só homens com grana. Também havia advogados, uma vez até um historiador. Colocavam uma mão, um pé, e ela fechava a porta na cara deles. Talvez fosse algo dos homens, a forma como todos eles pareciam pensar em termos de tempo e poder. Tinham suas cronologias — fulano e sicrano fizeram isso e aquilo a beltrano quando... —, suas instruções e citações nominais. Ela não era desagradável com eles, não no início. Era só que... estava destinada a outro lugar, em que o cabo Farvel apenas se insinuava. Vinha estudando uma vida que excedia todas as cronologias, que nunca havia sido estudada antes e que ainda carecia de um nome. Ela não conseguia imaginar uma carreira consumida pelo momento. Apoiava-se, com todo o seu fascínio, sobre os ombros de gigantes, que descobriram a ciência e suas leis. Ela sabia disso e era convencida o bastante para achar que também seria uma gigante na vanguarda do conhecimento, cujo trabalho seria apreciado nos séculos futuros.

Era um pequeno avião a hélice e eles foram atingidos primeiro por ventos térmicos. Mais adiante viam-se imponentes nuvens de chuva. A terra lá embaixo parecia devastada, como um mar seco. As sombras nos cânions eram enormes. A tempestade se dispersou e ele caiu no sono. Quando acordou, o piloto descia para uma pista costeira. Dentro da cabine ficou muito quente. Fizeram círculos no ar para se livrar dos animais antes da aterrissagem. Havia arbustos secos até onde a vista alcançava e uma faixa de terra cultivada ao longo do litoral. A cidade parecia velha, dispersa e empobrecida. Havia palmeiras ao longo da praia. O mar era azul-escuro. Havia uma arrebentação branca no recife. Devia ser bom para surfar. Era difícil dizer daquela altura.

Ele havia levado o diretor de uma organização de caridade somali para jantar num restaurante italiano em Nairóbi. O proprietário se sentou junto à porta com uma camisa preta abotoada até o colarinho. Como não poderia deixar de ser, o menu era decorado com imagens de Tirana, Trípoli, Asmara e Mogadíscio na época de *Il Duce*: a África era como a América do Sul, no sentido de que alimentava os pequenos sonhos dos europeus.

Ele comeu ravióli e bebeu uísque. Deu a impressão de ser um engenheiro hidráulico contratado por uma empresa determinado a finalizar seu serviço e precisava fazer uma viagem à cidade portuária de Kismayo a fim de levantar fundos para um projeto por lá. No jantar, foi acordado que a instituição de caridade receberia em troca uma consultoria generosa por facilitar sua visita.

Quando aterrissou em Kismayo, ele foi levado a um barracão que funcionava como saguão de desembarque e recebeu a notícia de que o líder comunitário que seria seu anfitrião tinha sido sumariamente executado naquela manhã por se mostrar simpático ao cristianismo, que era o jeito jihadista de dizer que ele espionava para a Etiópia. James expressou suas condolências. Ele pediu para voltar no mesmo avião, mas levou uma surra e foi jogado na escuridão.

Foi culpa sua. Ele havia se encontrado com seus equivalentes da CIA na praça de alimentação do shopping center Village Market, em Nairóbi, não muito longe da embaixada dos Estados Unidos. Achou os comentários deles extensos demais, sem nuances nem soluções. A dupla falou que havia encontrado a mão de um homem-bomba em Mogadíscio. "Achamos que se trata de uma mão árabe, não é, Bob?"

Ele assumiu o risco pois havia fisgado um empresário que mantinha laços com as células da al Qaeda na Somália. Esse homem havia concordado em fornecer informações sobre combatentes estrangeiros em troca da cidadania britânica. Um passaporte estava fora de questão, mas uma permissão de residência e dinheiro, não. Ele tinha de conferir com os próprios olhos se a informação era boa.

Os riscos eram altos: uma unidade jihadista que fabricava bombas vinha operando no distrito de Eastleigh, em Nairóbi. Era só uma questão de tempo até que acionassem um explosivo no Aeroporto Internacional Jomo Kenyatta ou na sede das Nações Unidas. A maior preocupação em Legoland era que somalis limpos — rapazes sem nada na ficha que levantasse suspeita — entrassem na União Europeia e cometessem atos de terrorismo. Num relatório confidencial enviado ao Ministério do Interior, ele havia registrado que a possibilidade ia de "provável a muito provável".

Ele se agachou sobre o fosso. Inclinou-se. Condenou sua última viagem a Adis Abeba. Havia se encontrado com a inteligência etíope e foi alertado quanto a viajar para a Somália. Segundo alegaram, eles não sabiam qual facção estava no comando em Kismayo. Era perigoso demais. Por que não deu ouvido a eles?

Lembrou-se de ter encontrado um informante comum na piscina do Hotel Hilton. Ele negociou os termos do acordo e como as informações deveriam ser passadas para garantir a segurança delas. Trocaram um aperto de mãos. Ele subiu de elevador até seu quarto no andar executivo. As janelas do chão ao teto davam para uma favela numa encosta e para os prédios de escritórios na estrada Josip Tito. Os eucaliptos no topo obscureciam o velho palácio. Parou ao lado da cortina e mirou seus binóculos para a piscina. Ela era cruciforme, como uma cruz etíope. As delicadas esposas dos homens mais poderosos da Etiópia percorriam a cruz na vertical e na horizontal com o nado característico dos graduados no liceu de Adis: cotovelos dobrados, mãos em forma de concha, peitos que ao virar revelavam seios pequenos. Famílias de expatriados se sentavam no balcão de sorvetes e desfrutavam de um sundae pós-aula. Havia italianos, americanos e uma família norte-coreana. O informante ainda estava sentado ali. Ninguém o abordou. Nuvens de chuva escureciam a cena. O vento começou a soprar forte e apenas os mecânicos russos que faziam a manutenção dos jatos MiG para a Força Aérea Etíope continuaram na água. Ele viu dois outros russos se protegendo sob uma cabana. Um deles vestia uma roupa de ginástica vinho. O outro usava uma camiseta branca e calção, a melhor forma de ostentar suas coxas de *Spetsnaz*. O que mais?

Ele se levantou no banheiro inacabado. Desligou-se de Adis. Não era nada. Não havia nenhuma pista, nenhum mistério, nenhuma história de espionagem. Terminava sempre com os dois russos, que não tinham nada a ver com ele ou com a Somália. Era só mais uma dupla de eslavos intimidadores percorrendo seu caminho pela África e, ainda assim, o assombravam. Esqueléticos, de cabeça raspada, com cigarro na boca, podiam ser comprados por qualquer serviço de inteligência. Então por que não os comprar? Por que não presenteá-los com símbolos nacionais, ícones religiosos e água benta e então soltá-los? Por que não fazer deles cossacos do neoconservadorismo e convocá-los quando tudo mais tiver dado errado? Não tinha dúvida de que eles matariam um jovem jihadista e depois esmagariam o rosto dele em um para-brisas.

Ele aceitou que não tinha muita chance de fugir. A Somália não era o Afeganistão, onde era possível se passar por um habitante deixando a barba crescer, colocando um shalwar kameez e falando algumas palavras em dari. Não era Kipling. Não podia transformar sua pele branca em negra. Não podia imitar o andar lânguido de um somali. Mesmo se falasse o idioma, seria impossível conhecer todas as histórias dos clãs e das disputas por água ou pasto para os camelos, que permitiam a um somali descobrir a identidade de outro por meio de poucas perguntas. Sua única sorte seria não descobrirem sua verdadeira identidade: eles acreditavam de fato que ele era um engenheiro hidráulico.

Seus relatos não foram lidos pelo executivo administrativo. Downing Street só estava interessada em piratas e ninguém conseguia fazer o pessoal de lá enxergar que a pirataria não tinha importância. Metade da Somália precisava de doação de alimentos para permanecer viva. Centenas de milhares de pessoas foram expulsas da cidade e acampavam em abrigos improvisados ao longo da estrada para Afgooye. A Somália precisava de ajuda. Caso fosse decidido abandonar e conter a ameaça, outros países africanos também seriam esquecidos.

Não havia dúvida: a Somália era o futuro. Era o canto do canário para que o mundo escutasse, mas ninguém estava ouvindo.

Che Guevara disse que, quando jovem, seu maior sonho era jogar rugby pela Argentina. Mesmo como herói da revolução, quando seu avião de Havana para Moscou parou para reabastecer em Shannon, na Irlanda, ele insistiu em ver o Munster jogar em Limerick e beber com os torcedores. Se tivesse vestido o uniforme azul-claro e branco como *scrum-half* dos Pumas, ele jamais teria se tornado um revolucionário e haveria outro rosto nas camisetas.

Quando se assiste a um jogo de rugby, observam-se movimento e colisão, espaços que se abrem e se fecham. Mas a recordação do jogo, o que permanece, é o fluxo e o choque das cores primárias. Vermelho contra azul, verde contra branco. É quase uma pintura.

Por baixo da porta, ele conseguia enxergar as cores saturadas de uma televisão num quarto escuro. Era como uma linha de batom. Ele pensou em Osama bin Laden assistindo ao jornal numa caverna, muito antes da mansão em Abbottabad. Um lugar primitivo, elevado, nas montanhas — com neve no chão, mesmo no verão. Osama fazendo considerações para seu séquito sobre a notícia do dia, levantando o dedo, às vezes sorrindo, nunca irônico, jamais conseguindo assistir ao noticiário de esportes sem pegar o controle remoto.

Ela gostava de correr no Hyde Park antes do trabalho, com suavidade na primavera, lavada no outono pela umidade imaculada das folhas que caem, e com mulheres que passam a cavalo, quicando na sela.

Cozinhava para si mesma em sua cozinha espaçosa e ouvia concertos ou programas de perguntas e respostas no rádio enquanto comia. Trabalhava até tarde. Bebericava uma taça de vinho australiano enquanto trabalhava, sempre australiano, para agradar o pai. Fumava cigarros, que mantinha longe do corpo no estilo francês, como se fossem de chumbo.

O pé-direito de sua casa era alto, as portas eram originais, pesadas e se encaixavam perfeitamente no batente. Essa era a sua vida, havia nela uma solidez, embora, com uma janela aberta para o jardim e todo o South Ken passando levemente, adentrando a noite levemente, era possível imaginar Peter Pan pousando ali.

Havia uma estante de livros na lateral do escritório na qual havia colocado e iluminado várias antiguidades sumérias: um anel com um desenho entalhado, uma tábua de barro e um pote para recolher água de um poço. Em raras ocasiões ela tirava o anel de sua caixa de vidro e o girava na mão.

Ficou fascinada pelos sumérios porque eles eram fascinados pelo oceano. O povo sumério inventou a cidade-estado, o governo representativo e a escrita (porque seus arautos não eram eloquentes). Os direitos grego e romano se baseavam na lei suméria. Foram os sumérios que criaram a religião da palavra divina, na qual um deus fala que é assim e é assim que é. Por que esses fazendeiros das terras férteis sem acesso ao litoral entre o Eufrates e o Tigre teriam se interessado de tal maneira pela água do mar? Por que essa primeira civilização urbana, caracterizada por sua capacidade de dar forma à terra, de ará-la, de construir sobre ela, se sentiu tão atraída pela zona hadal?

~⁀⁀∽

Há seis mil anos, Enlil, o deus do ar, e Enki, o deus do mar, se estabeleceram no panteão das divindades sumérias. Os sumérios acreditavam que a terra era algo como um globo de neve.

Enlil mantinha o ar do mundo unido com lil, uma atmosfera misturada que também emprestava luminosidade ao sol e às estrelas que enfeitavam o interior do globo de neve. Atrás do firmamento havia um mar profundo, e a casa de Enki ficava no fundo do mar — um lugar chamado Abzu. Era uma casa feita de cores que não podiam ser vistas, com azulejos de lápis-lazúli e pedras preciosas incrustadas, mais especificamente rubi e cornalina, que não podiam ser despedaçadas àquela profundidade. As portas de cedro arqueadas eram cobertas de ouro que água salgada alguma conseguiria corroer. Nessa casa, Enki criou um homem. Ele misturou barro sobre a fornalha vulcânica, moldou-o com água pesada e o fez nadar para o mundo. Lá, Enki soprou ar dentro da criatura. O homem fracassou. Seu corpo era fraco, assim como seu espírito. De acordo com a tradução de Samuel Kramer, da Universidade da Pensilvânia, ao homem foi oferecido um pedaço de pão: "Ele não estende a mão para pegá-lo. Tampouco consegue se sentar, ficar de pé ou dobrar os joelhos".

Qual é a lição? Que um homem-criatura criado nas profundezas deveria nelas permanecer: uma casa sem luz, sem uma lareira.

Sua família enriqueceu caçando baleias, e, quando se lembrava do confinamento, ele voltava à história de seu antepassado, o capitão John More, que, quando jovem, serviu a William Scoresby no mar da Groenlândia no baleeiro *Resolution*. John era um Jonas de carne e osso. Isso não quer dizer que ele afundou a tempestade consigo até o navio ficar em segurança ou que o bom capitão fosse um profeta castigado por Deus. De maneira alguma ele deu azar para sua tripulação, mas sim a fez ganhar uma fortuna com sua combinação sensata de camaradagem moderada e novos métodos industriais. O azar que John More tinha era só seu e isso o tornou famoso em sua época. No verão austral de 1828, o baleeiro de John, o *Silver Star*, perseguiu uma baleia cachalote em meio a uma tempestade numa região próxima à ilha da Desolação, na Patagônia. A baleia entrou numa baía sem saída. John entrou numa canoa com seu arpoador e outros dois homens. Assim como em *Moby Dick*, mas alguns anos antes, a baleia se ergueu e destroçou a canoa, lançando John e seus homens ao mar. Os homens foram encontrados. John se perdeu, tendo supostamente se afogado. A baleia foi morta e levada ao lado do *Silver Star*, onde flutuou por um dia e uma noite enquanto a tripulação chorava por seu capitão. Foi apenas quando o estômago da baleia foi içado sobre o convés que um dos pescadores o viu se agitar. Eles o abriram e encontraram John de olhos arregalados e tossindo em meio aos sucos gástricos. A baleia o tinha engolido. Havia muco sobre seu corpo e suas mãos. Um de seus pés, que tinha perdido a meia, fora parcialmente digerido. Tirando isso, encontrava-se fisicamente ileso.

Ele passou uma semana enlouquecido e sofreu de claustrofobia. Recusava-se a dormir em sua cabine e se deitava no convés. Seus olhos não se concentravam. Repetia em sua fala um lamento sobre a rapidez da baleia ao se erguer e suas fileiras de dentes brancos. Quando a névoa cobriu o *Silver Star*, ele juntou suas cobertas e peles de foca e escalou o mastro. A loucura foi dissipada pelo sol, e o que ele viria a lembrar mais tarde em sua vida seria

o breve olhar, sim, que lancei para o rosto do Leviatã, entalhado de cortes profundos como as tatuagens no rosto do baleeiro do mar do Sul, aqueles dentes ensebados batendo em mim, o túnel de uma garganta, sim, e do estômago posso dizer que era mais um túmulo do que um dia foi o útero de minha mãe.

Ele viveu até uma idade avançada e nunca mais quis ficar sozinho em espaços pequenos ou acordar no escuro. A viagem de um baleeiro era sempre bem iluminada. Havia óleo e cera suficientes para manter uma luz constante e mais a aprender do que em embarcações modernas. Desde então ele passou a deixar muitos lampiões acesos antes de ir dormir. Uma escada foi instalada no teto de sua casa de estilo regencial, próxima ao mar do Norte e, em sua enfermidade, ele a recolhia no telhado quando se sentia confinado.

James não tinha uma escada como aquela. Queria ter uma vela de espermacete, mesmo que também fosse iluminar os insetos, o papelão e a fossa. Estava desesperado em busca de algo distante. Uma lebre. Alguma cor no céu. Tudo causticava. Os campos, as fileiras de cercas vivas. A lebre corre para o campo seguinte, entre as árvores, depois sobe uma colina. Sem parar. Como corre!

Subitamente, a porta se abriu.

O frio extremo permite que coisas estranhas aconteçam. Por exemplo, no laboratório de baixa temperatura da Universidade de Tecnologia de Helsinque, em 2001, um condensado de Bose-Einstein refrigerado próximo ao zero absoluto de menos duzentos e setenta e três graus Celsius fez parar um feixe de luz que viajava a novecentos e setenta e oito milhões de quilômetros por hora.

Havia montes de neve nas paredes e nas cercas, enquanto em outros lugares o solo estava descampado e vítreo como obsidiana. As dunas e a praia estavam cinzentas por causa do gelo. A urze roxa se destacava e havia arbustos. O mar estava agitado, com alguns surfistas com macacões de mergulho coloridos aproveitando as ondas. Ela andava de cabeça baixa. Era aquele tipo de vento frio que buscava com os dedos um ponto fraco numa mandíbula. Ele tocou um dente que ela se recusava a arrancar. Trieste. Ela havia visitado Trieste com os pais e o guia lhes contou como o vento do inverno atacava os dentes quebrados e infectados de James Joyce enquanto ele perambulava à beira-mar durante seu longo exílio na cidade. O guia falou "atracava" em vez de atacava.

O farol ficava distante. Era uma criatura adormecida, que não deixava nenhum vestígio de dia. Ao seu redor havia algumas casas, com tábuas que lembravam barcos de madeira. Um hotel mais moderno, o Ostende, ficava num promontório mais adiante.

Um homem passou correndo por ela. Ela o viu diminuir cada vez mais, até desaparecer a distância. Ela caminhava velozmente na mesma direção. Queria abrir o apetite. Estava decidida a degustar o menu invernal do hotel, que era etrusco: à tarde, gordura doce e dourada de leitão; e, à noite, pratos com rabada, pão e vinho e bolo sob um lustre polido.

O homem corria de volta na direção dela, ficando maior, mais real. Ela estava seguindo o rastro dele e ele voltava pelo mesmo caminho. Parou a alguns passos dela. Colocou as mãos nos quadris e respirou fundo, como se emergisse à superfície em busca de ar. A respiração que saía de sua boca e de suas narinas formava um vapor como se ele fosse um bezerro. Ela o fisgou quando ele passou. Provavelmente era tímido e ela não queria perdê-lo.

— Bom dia — disse ela.

— Olá.

— Você é inglês, não é?

— Sim, e você?

— De Londres — respondeu ela, em inglês.

Ele imaginou quem ela era. Tinha visto seu nome e sua profissão quando se registrou no hotel. Professora de quê?

Ele estendeu a mão.

— James More.

Ela o cumprimentou. Uma mão grande, fria, com o sangue bem longe da superfície, mas macia.

— Danielle... Danny Flinders.

— Danny, a campeã do mundo.

Apesar de si mesma, apesar da familiaridade, ela brilhou naquele momento. Para ela, era simples. Um caranguejo-eremita encontra sua concha e se acomoda — e assim dois amantes se conheciam.

Isso foi antes do café da manhã e o céu tinha cor de ardósia, mais escuro que as dunas, descendo com o peso das nevascas previstas. As primeiras palavras que disseram um ao outro foram arredondadas e arrastadas pelo frio.

— Só um inglês usaria short nesse tempo — comentou ela.

Ele estava mais distraído.

— Tem razão — disse ele. — Está frio. Eu vou voltar.

— Nos vemos mais tarde?

Ela podia ter dito algo menos definitivo.

Ele sorriu.

— Sim.

E então se foi, correndo para o refúgio dos pinheiros.

Ela fez todo o percurso até o Hotel Ostende e voltou, esbarrando com ele ao entrar no saguão. Foi estranho. Mas a vida nunca é organizada, ela é feita de portas e alçapões. Você desce por corredores irregulares e, mesmo quando acha que sabe qual porta abrir, ainda precisa ter coragem para escolher.

— Eu tenho que trabalhar um pouco — avisou ela, apressada. — Vou tomar café no quarto.

— Almoço? — perguntou ele, que já havia tomado banho e se vestido. Estava mais atraente que na praia.

— Uma e meia é muito tarde?

Ele bateu com uma cópia do *International Herald Tribune* na própria perna.

— Vejo você mais tarde — disse ele, e se foi.

A primeira coisa que ela fez ao entrar no quarto foi pedir o café da manhã. Tomou banho. Quando saiu do banheiro, a comida estava esperando por ela numa mesa sob um cloche de prata. Serviço de quarto era algo meio mágico.

Havia uma camareira na porta.

— Posso acender o fogo, madame?

— Por favor.

O fogo era importante para ela. Não só porque a neve caía do lado de fora, escondendo o céu, tornando o quarto mais refinado. Uma lareira era um foco. Não havia foco na zona abissal, não para valer. A casa de Enki não tinha lareira. Nos lugares onde o magma queimava na água do mar, ele o fazia sem cor ou destaque. Tratava-se de um calor vulcânico que queimaria sua rocha trabalhada e derretida; era uma fonte de vida, como veremos, mas não era fogo do jeito que o fogo existia na superfície; com ar, onde as chamas tinham forma, volume e tons de acordo com o calor.

Ela pediu que trocassem a mesa de lugar, de modo que ficasse de frente para as toras incandescentes e não para a nevasca. Trabalhou com equações referentes à velocidade de duplicação da vida microbial. É claro que trabalhou. Era interessante, monumental. Mal ergueu o olhar e o café foi servido precisamente na hora em que tinha solicitado. Ela não pensou no homem que havia conhecido na praia e com quem tinha esbarrado novamente na recepção. Rabiscava anotações e números em fichas com uma caneta-tinteiro de tinta verde. Ao fim da semana teria uma pilha de fichas. Ia colocá-las em ordem em

Londres e, depois de transcrever o que tivesse de mais valioso nelas, as guardaria numa gaveta de madeira como aquelas que se costumava usar em bibliotecas. De vez em quando, pegava um lápis e fazia cálculos em grandes folhas de papel.

Ele bateu à porta dela alguns minutos antes do que haviam combinado; talvez tivesse curiosidade em vê-la trabalhando. Ela o deixou entrar. Ele ficou perto da janela, sem dizer nada, esperando que ela terminasse.

Ela lhe pediu que fechasse a porta e caminhou pelo corredor à frente dele. O carpete era macio. Ela sentiu o olhar dele. Gostava da atenção. O inverno era a época de estar com homens. Os dias de verão eram leves, mas os homens inchavam, ficavam cheios de si e oleosos. Os homens eram mais atraentes no inverno, mais másculos e disponíveis, mesmo que menores e melancólicos. Surgiu outro sentimento, mais significativo. Ela o sentiu antes de chegar à escada. O tempo era dobrado com firmeza, comprimido feito um origami, mas ainda assim ela teve a sensação de que isso havia ocorrido antes. Mais precisamente, de que isso deveria acontecer naquele momento.

Eles almoçaram no salão dos espelhos. Havia janelas de sacada em toda a extensão do local. No verão, eram abertas para o gramado de modo a formar uma varanda. Enormes espelhos dourados ficavam pendurados na parede oposta, de cor creme, no meio da qual havia uma lareira de mármore. O fogo rugia. Candelabros tremeluziam sobre a cornija. Também tinha um retrato de César Ritz com os funcionários do hotel em 1900. Todos os empregados de Ritz circulavam sem chamar a atenção pela praia, os cozinheiros ainda de chapéu, os jardineiros de camiseta e suspensórios; o mar imortalizado em movimento atrás deles, capturando a posição do hotel na vida de um patrono e na vida de seus funcionários e hóspedes. Podia ser descrito como "uma segunda casa". Por alguns dias, proporcionava aos hóspedes uma qualidade de vida superior ao que eles podiam esperar em casa, pois era compacto assim como alguns romances eram compactos.

Muitas lareiras estavam acesas no hotel naquele dia. A tempestade fazia as janelas de sacada chacoalharem. A vista era erma. Era possível identificar os pinheiros e as dunas, mas não o mar. A neve caía com mais força, furiosa, cobrindo pegadas no gramado e deixando a terra como nova de um jeito que era impossível na África. As janelas refletiam as velas, flocos de neve maiores caíam do outro lado e mais lenha era colocada na lareira. Tudo isso se congregava deliciosamente.

Como ela estava linda, à maneira invernal dos caprichos do tempo. Sentiu que podia ter um lugar na vida dela, mas era sábado e ele partiria na quarta. Um garçom os conduziu à mesa. Ela sentiu em sua mão o mais tênue vento atravessar as janelas de sacada, como uma respiração.

— Depois de você, professora — disse ele, educadamente.

Ela se virou.

— Como você sabia disso?

— Eu vi o seu nome no registro. Você é professora de quê?

— Tenta adivinhar.

Ele ruborizou.

— Eu tenho mesmo que fazer isso?

— Estou curiosa.

— Música?

— Não.

— Antropologia?

— Por favor.

— Direito?

— Errou de novo.

— De quê, então?

— Matemática. Eu aplico matemática ao estudo da vida no oceano. — Ela estudou sua expressão. Não havia nada de acadêmico nele, nada cômico. Exceto por ter a mandíbula quadrada com músculos zigomáticos fortes, barba feita, um quê imperial, com belos vasos sanguíneos nos malares; quando sorria, era como se o seu rosto se iluminasse.

Ele sorriu.

— Você é oceanógrafa!

Ela já estava passando manteiga no pão, e furou o ar com sua faca sem ponta.

— Não existe uma disciplina chamada oceanografia — comentou ela. — É apenas a aplicação das ciências ao que existe no mar.

— Ou no fundo do mar.

Ela ergueu os olhos, estranhando ele ter dito isso.

— Exatamente — falou.

— Qual é o seu oceano?

— O quê?

— Qual é o seu oceano preferido?

— Ah, entendi. Essa é fácil. — Ela fez um gesto para a janela. — Só pode ser aquele ali: o Atlântico.

— Por quê?

— Sob o aspecto científico ou algum outro?

— Algum outro, eu suponho — respondeu, cauteloso. Ele sentiu que estava sendo avaliado.

— Bem, o Atlântico une as metades do mundo ocidental. É o oceano do comércio de escravos e também do navio a vapor. O mar da desgraça constante, como os fenícios se referiam a ele. Tem a corrente do Golfo. As cores. O cinza e o verde. As colônias de aves marinhas. Além disso tudo, também é um corpo de água frio e importante, que desce até dar em cordilheiras submarinas.

— A que profundidade?

— A média é de três mil e seiscentos metros.

— Senhora Memória!

— *Os 39 degraus*?

— Como eu disse, senhora Memória!

Ela sorriu alegremente.

— E você? O que faz?

Ele não demorou a responder. Não queria que ela tentasse adivinhar.

— Eu faço consultoria para projetos hidráulicos na África.

— Um homem caridoso.

— Para o governo britânico — acrescentou.

— Então você mora na África?

— Em Nairóbi.

— E você gosta de lá?

Uma das primeiras coisas que ensinaram a ele no serviço de inteligência foi como desviar a conversa das circunstâncias do trabalho. Ele não entrou em detalhes com ela sobre seu disfarce como consultor hidráulico, apenas sobre suas impressões genuínas da África. Descreveu para ela como era seu jardim em Muthaiga — as flores penduradas, a piscina, o modo como os troncos das árvores ficavam vermelhos de formigas depois da chuva, seu caseiro, seu cozinheiro e o jardineiro idoso. Deixou claro que morava sozinho. Depois, combinando com a polaridade do dia, contou-lhe uma história de como havia entrado na floresta Ngong, em Nairóbi, sobre um cavalo de polo, à meia-luz, e viu um motor de carro roubado pendurado no alto de uma árvore, com um macaco sentado na peça, as cordas rangendo, o metal feito um ninho, e explicou a ela o motivo pelo qual havia tantas hienas na floresta.

— As pessoas mais pobres da favela de Kibera não têm dinheiro para comprar um caixão, por isso levam seus mortos para a floresta à noite e os enterram com uma cerimônia curta sob o toco de uma árvore de mugomo. Sem saber, acabam alimentando as hienas.

Ele prosseguiu, explicando da melhor forma possível que, embora os responsáveis pelo enterro fossem luos, originalmente do lago Vitória, o tratamento rudimentar concedido aos pobres corpos pelas hienas era similar a um ritual fúnebre dos kikuyus, registrado pela última vez em 1970, no qual um homem ou uma mulher moribundos eram levados para uma cabana de capim do tamanho de uma gaiola, com aberturas de ambos os lados, uma por onde colocar o parente quase morto, a outra para que a hiena arrastasse o corpo fresco para fora.

— O tempo lá é comprimido — disse ele. — Em dois séculos, o Quênia deixou de ser um lugar antigo e desconhecido para se tornar uma área do interior para comerciantes e escravistas árabes, depois se transformou num vazio no mapa explorado pelos caçadores brancos e então, veja só, numa colônia. Agora é a República do Quênia, um país que dobra sua população a cada geração.

Ela parecia fascinada.

— Deve ter gente ainda viva que se lembra dos rituais fúnebres das hienas — comentou ela.

— A avó do meu cozinheiro foi comida por hienas.

— Não!

Encorajado, ele foi em frente, contando a ela que só havia passado uma geração desde a morte da escritora dinamarquesa condessa Blixen — Karen Blixen — em sua mansão à beira-mar na costa zelandesa ao norte de Copenhague. Ela, que considerava amplamente suas terras cafeeiras na fronteira de Nairóbi como um panorama inglês do século XVIII, no qual havia uma abundância de cavalos, cachorros, criados — e leões —, mas nunca de dinheiro.

— A noite em Nairóbi é como um rio — disse ele.

— O que você quer dizer?

— Ela é profunda e traiçoeira como os rios africanos, não dá para ver o que tem dentro, você não faz ideia de onde estão os crocodilos ou para onde fluem as corredeiras. Ela tem o seu próprio brilho.

Ela não retribuiu as histórias dele com nada. Talvez apenas não tivesse baixado a guarda. Não sabia nada sobre obras de desenvolvimento ou consultorias. Diziam que ela era uma pessoa experiente. Bem, tinha experiência com a riqueza, e havia tido muitas experiências em cabines de banheiros de boates, mas não era exatamente experiente. Nunca teve contato com pessoas pobres. Era mimada, como a mãe. Seu instinto se inclinava para o refinamento — na literatura, na moda, na gastronomia —, era refinada em tudo para dizer a verdade, e o que não podia ser refinado não era digno de se ter. A pobreza podia ser refinada? Ela acreditava que não. Nas visitas à Austrália, partia para as galerias em Sydney. Atualmente, Manly já era desagradável o bastante para ela. Levaram-na à ilha Flinders, batizada em homenagem ao seu antepassado paterno. Apesar da insistência do pai, ela nunca havia visitado uma comunidade aborígene na Austrália ou demonstrado qualquer interesse pela cultura nativa, a não ser ao usar suas imagens e seus tecidos para adornar sua vida. Era uma mulher com antepassados escravos, mas ainda assim tinha preconceito com a África por ser um continente sem universidades de pesquisa. Exceto por uma viagem à Cidade do Cabo, ela só esteve uma vez no continente africano, numa embarcação de pesquisa oceanográfica que ficou ancorada na costa do Senegal. Os pesquisadores estavam animados quando chegaram a terra firme, mas a aldeia onde desembarcaram a deixou constrangida. As mulheres da aldeia se juntaram ao seu redor e pediram que falasse em nome delas. Elas se reconheceram nela. Ela se sentiu descoberta. Não se tratava da cor da pele; isso não tinha importância. Foi uma sensação repentina de comunidade, um caráter rústico que trazia complicações para sua identidade metropolitana.

Isso não queria dizer que ela era de porcelana. Era bem o contrário: difícil de ser abalada, física e emocionalmente; generosa, criteriosa, de maneira alguma indiferente. Preferia ser definida como cientista. Sentia como se dentro de si contivesse uma compreensão de uma polaridade maior que a descrita por James entre ricos e pobres de Nairóbi, e ainda maior que o contraste que se viu naquela tarde de inverno entre o salão espelhado à luz de velas do hotel e a neve do lado de fora. O que era aquilo? Era a divisão entre a vida na superfície do mundo e a vida que ela estudava na zona hadal; luz e trevas, ar e água, os que respiram e os afogados. Quase tinha vontade de dizer que era a divisão entre os absolvidos e os condenados, mas não, não era verdade.

Quando ele a convenceu, ela falou calmamente sobre o Hotel Atlantic. Ela contou que se hospedava nele havia muitos anos.

— Eu sei até por que o cozido asturiano está no menu.

— O que é isso?

— É um prato de camponeses feito com lombo de porco, linguiça e feijão. — Ela relatou a história que o gerente havia lhe contado: — Um nobre espanhol na corte de Afonso XIII que se hospedou aqui antes da Primeira Guerra Mundial desafiou um russo para uma partida de xadrez usando peças em tamanho real. Esses dois homens ficaram em sacadas separadas com vista para o gramado e comandaram as peças de xadrez, que consistiam em criadas, trabalhadores do campo e crianças do vilarejo no outro lado do bosque, todos vestindo fantasias e parados por horas em seus devidos quadrados. Isso foi no outono. Frio. O jogador espanhol usava as peças brancas e o russo, as pretas. Fizeram apostas suntuosas quanto ao resultado e para a captura de certas peças: um cavalo que derrubasse uma torre valia um automóvel, por exemplo. Serviam sidra para as peças. Naturalmente, conforme a tarde foi passando, começou uma disputa entre as torres adversárias, com uma correndo atrás da outra, dispersando os peões, até que um bispo teve que intervir. A partida seguiu até tarde da noite. Quando as peças saíam do jogo, recebiam alguns francos pelo trabalho e uma tigela de cozido asturiano por conta do espanhol para se aquecerem.

Ele pediu faisão; ela, linguado. Os dois continuaram se olhando, se inclinando e se espreitando. O vento esmoreceu, e a neve caía pesado em meio ao nevoeiro, como se estivesse caindo debaixo d'água. As ovelhas se agitavam lá fora naquela branquidão, atrás das cercas. Era uma tarde de inverno do Velho Mundo, da velha Europa, sem importância para Danny e James. A lenha queimava na lareira, e a resina crepitava; eles imaginaram lobos no bosque, com os caminhos para o vilarejo distante e para a igreja entrelaçados. Cada respiração os aproximava da natividade que se repetia: a Anunciação aos pastores, a palha arrumada na manjedoura, o cheiro dos animais, os balidos, a estrela brilhando forte.

Mais vinho lhes foi servido nas taças de cristal. As mesas eram quadradas e arrumadas na diagonal. Do lustre, elas pareciam dados. Os pratos eram pontos denotando os números. Os comensais nas outras mesas tinham suas próprias histórias, ocasionalmente batiam um talher, mas estavam em segundo plano; os olhos dela passavam por eles como por um hipertexto transversal.

Então ela o viu. Foi seduzida, embora houvesse algo que não fosse verdade. O homem sentado à sua frente, que mexia na sobremesa de maneira tão pueril, escondia alguma história. Ela não sabia o quê, não tinha uma referência, mas percebia que os ossos de suas mãos macias foram quebrados, e ele tinha cicatrizes perto do nariz e da orelha. Havia algo de recluso nele. Seus olhos demonstravam isso. Ele tinha sido corroído pelo mundo.

Os dois tomaram café no bar. Outro hóspede colocou alguns euros num jukebox vintage com uma foto de Johnny Hallyday.

Eles não tiveram escolha. *I believe when I fall in love with you it will be forever.*

Ela revirou os olhos.

— Mesmo assim — disse ele, erguendo a xícara.

Ela o encarou. As pupilas dele estavam dilatadas, o efeito mais escuro. Ela estava um pouco bêbada.

Os dois se separaram ao pé da escada. Ela subiu, e ele adentrou por uma tarde que parecia não ter um lado de cima ou de baixo. A neve rodopiava. Ele não conseguia enxergar o caminho à sua frente. Ouviu as ovelhas. Pensou que tivesse chegado à cerca, no entanto mais alguns passos o levaram de volta ao hotel. Tudo o que se conseguia ver da construção era a placa sobre a entrada com o nome do hotel escrito com lâmpadas e as estatuetas verdes de sereias contrapostas por ladrilhos verde-escuros da mais alta qualidade furtados de uma mesquita persa.

Inesperadamente, foi tomado por emoções e identidades conflitantes, como se um trem tivesse freado de forma brusca e todas as bagagens tivessem caído em cima dele. Entrou no elevador. Fechou a porta pantográfica e apertou o botão. Era uma caixa de jacarandá, pouco maior que um caixão. Tentou não prestar atenção à subida. No quarto, sentou-se, olhando fixamente pela janela e mudando apenas ocasionalmente seu foco do vazio para os pingentes de gelo. Não fechou as cortinas quando escureceu e só permitiu que a camareira, que apareceu para preparar sua cama, acendesse uma lâmpada e lhe trouxesse uma garrafa d'água e uma xícara de chocolate quente.

Ela trabalhou noite adentro. Estava desorientada por causa do álcool, por causa do homem. A matemática era como tocar piano, de certa maneira. Era preciso praticar sempre para se manter fluente e flexível; em determinado momento, a disciplina se tornava um prazer.

Ela ligou a televisão e assistiu a uma partida de tênis disputada no Albert Hall, em Londres. A acústica do lugar era tal que o saque do homem parecia uma explosão.

～✍～

Ele foi erguido pelos pulsos e forçado a ficar de pé. Suas pernas tremiam.

— Eu vou me cagar — avisou.

Teve uma dor de barriga; uma aguaceira escorreu pela parte interna das suas coxas.

Ouviu gritos em somali. Deram uma pancada na sua nuca e no rosto e o encharcaram de água salgada. Arrastaram-no para um beco. Era ofuscante. Ele não conseguia olhar para cima. A areia queimava e estava cheia de espinhos, de excrementos de burro reluzentes e de folhas de palmeira. Havia cabanas de pau a pique de ambos os lados. Ouviu crianças brincando. Sentiu as mulheres parando enquanto ele passava. Estava nauseado. Sua cabeça girava. Tentou se concentrar nos pés do homem à sua frente. Falou para si mesmo: os chinelos são vermelhos, eles são vermelhos, o calcanhar calejado se levanta, agora pisa na areia, agora se levanta.

Chegaram ao ar livre. O vento soprava forte. Caranguejos corriam de volta para os buracos na areia. Quando por fim levantou a cabeça e observou o mundo, viu uma onda quebrando num recife e um sol alaranjado monumental pairando sobre o oceano Índico.

Os combatentes ajoelharam e rezaram na direção de Meca.

Depois de alguns minutos, um deles se levantou.

— Nós vamos matar você agora — avisou, sem emoção.

Eles o empurraram para o mar. Ele viu. Atirariam nele na água. Não haveria necessidade de cobri-lo com uma mortalha.

Quando seu corpo secasse, poderiam jogá-lo no cemitério de infiéis. Com qual oração, com qual maldita oração?

Os combatentes eram jovens e magros, mas ele estava fraco demais para tirar vantagem disso. Era um homem branco numa parte da Somália controlada por jihadistas. Mesmo que arrebentasse cabeças, quebrasse pescoços e pegasse uma arma, não havia para onde correr. Assim, ele se endireitou e se preparou para morrer.

Mas como um homem faz isso? A natureza é programada, suas demandas vão além de qualquer negociação. Não se pode desejar ser imortal, assim como não se pode pedir que maçãs cresçam em maio, ou que as folhas perdurem em outubro. Uma doença terminal ao menos lhe dá a chance de se despedir da família, de amigos e conhecidos. Uma morte violenta é outra coisa. É um turbilhão. As águas giram rapidamente, descem em espiral, o céu fica encoberto e não há tempo de dar um telefonema ou de se curvar numa reverência.

Ele queria estender suas lembranças na areia como fotos; deixar uma mensagem para o mundo e tirar dele uma lição. Mas ele estava se virando, estava caindo, o baleeiro se despedaçava, as águas congelavam. Os destroços aos quais as pessoas se agarravam na vida, que as mantinham flutuando no mundo, eram ficções encontradas em histórias. Ele os buscou. Recitou o pai-nosso.

Empurraram-no para águas mais profundas. Quase chegavam à cintura. Veja como a terra se ergue dos seus pés em filamentos, falou consigo mesmo, a imundície está se erguendo, e então se olhou, era difícil descrever, debaixo d'água, de cartola, um bote baleeiro lançado ao mar, afundando nas profundezas, uma enguia amarrada onde antes ficava seu intestino, com, a distância granulosa, um navio baleeiro submergindo, uma imitação do navio negreiro que Danny descreveu, talvez, só que com um falcão pregado ao mastro, o grito do arcanjo silenciado... seja feita a Vossa vontade, assim na terra como no céu.

Tiraram as mãos de cima dele. Ele olhou para o mar. Submarinos atravessavam de um lado para o outro. Mantinham-se no raso. Havia muita coisa em que jamais tinha pensado de verdade. A morte era uma delas, o oceano era outra. Era conveniente, até mesmo reconfortante. A terra de fato era o oceano. Danny havia lhe ensinado outro jeito de olhar para as coisas, como sendo feito de uma solução salina, uma gelatina com espinhas, ele ainda estava alheio à maior parte do planeta, que era água salgada. Olhou para cima. Viu de relance uma gaivota. Eles apontaram as armas. Ele não tinha mais forças. Odiava-os, e sentia vergonha de si mesmo.

"*Allahu Akbar!*"

Ouviu-se a rajada de tiros. Ele se jogou no mar. As balas foram para o céu. Ele estava ajoelhado na água. Debateu-se para a frente. Deu um grito e arrancou seu *kikoi* sujo e se lavou entre as pernas. Suas lágrimas comoveram os combatentes. Um deles vadeou atrás dele, tirou sua própria bandana e a amarrou em torno dele para que não estivesse nu quando o levassem de volta para a terra.

Ela era uma pessoa da manhã; ele, não.

O telefone dele tocou antes do amanhecer. Sua primeira palavra ao despertar foi uma blasfêmia.

— Sim. Quem é?

— Estou indo para a praia dar um mergulho. Quer vir comigo?

— A essa hora? Na neve? — Ele se sentou. — Tudo bem — e depois —, mas não vou nadar.

— Vejo você lá embaixo — avisou ela, animada, e desligou.

Era a primeira luz de um dia claro. As áreas de gelo estavam todas cobertas. A neve cobria suas botas. Havia caçadores de javali na floresta; dava para ouvir os disparos vindos da direção da igreja e da aldeia. Os pinheiros estavam cobertos de sal, os azevinhos brilhavam em vermelho-sangue. Na praia, a neve deu espaço ao nevoeiro e depois ao retorno de longas ondas que quebravam. Ele carregava toalhas e um suéter extra. Não estava certo se ela realmente mergulharia. Não sabia que as viagens dela a levaram na direção contrária à dele, que suas explorações a aproximaram dos inuítes e distanciaram do Caribe.

A areia era firme. Suas pegadas se enchiam de água.

— Esse é o lugar certo para se ter um cachorro — comentou ele. — Eles podem correr por quilômetros.

— Eu não gosto de cachorros.

O coração dele ficou apertado. Ela era ríspida. O que ele fazia na praia àquela hora?

Quando criança, o padre da família, um irlandês, lhe disse: "James, não existe momento na vida em que um coração egoísta seja saciado."

Ele queria uma vida no campo. Queria um chalé. Queria um jardim. Queria cães de caça e cavalos. Talvez fosse um subterfúgio, um jeito de lidar com sua carreira. Do que ele precisava?

Ela percebeu sua expressão desanimada. Ele era um espião, mas muito fácil de ser lido.

— Anime-se. Eu posso aprender a gostar de um cachorro. Apenas um.

Ele sorriu para ela. Sentiu que um precisava se segurar ao outro ou acabariam separados e nunca mais se encontrariam. Eles pararam e olharam para a vastidão em forma crescente do Atlântico.

— Vamos logo com isso — disse ela. Inesperadamente, ela ergueu a mão e tocou a bochecha dele.

Ela se movia com fluidez e sem hesitação. Tirou as botas de borracha de cano alto e as meias, depois a calça de corrida com revestimento de lã. Usava uma calcinha clara com o elástico mais escuro. Tinha os quadris largos. Sua pele se ergueu de

uma só vez diante do novo dia com fileiras de pelos arrepia-
dos. Ela tirou a jaqueta impermeável, o cachecol e o gorro
de lã. Livrando-se do suéter de caxemira, ficou nua. Correu e
mergulhou no mar. Uma onda quebrou em cima dela. Ela não
gritou nem o chamou, como ele achou que faria. Boiou entre as
ondas. Seus punhos estavam cerrados. Ela se agarrava à água.
Então se pôs num nado *crawl*. Era uma nadadora forte, mais
forte que ele. Nadou paralelamente à maré, depois se levantou
e correu, os pés juntando conchas e cascalho. Seus mamilos
eram grandes, marrons e estavam rijos por causa do frio. Era
jovem na circunferência de sua barriga, e seus ombros largos
ao sol invernal fizeram sua silhueta parecer momentaneamente
com as faces de uma joia. Ela tirou a calcinha e esfregou o peito
com uma toalha, enquanto ele esfregava suas pernas e seus
quadris com a outra. Seu cabelo molhado caía sobre o rosto.
Vestiu-se com a mesma rapidez com que havia se despido. Não
podia falar porque precisava respirar. Os dois partiram para
o hotel com o passo acelerado.

Sem nenhuma indicação de que pudesse acontecer algo diferente, ele a acompanhou escada acima até a suíte dela. Ela encheu a banheira. Ele ligou a televisão. Quando a banheira se
encheu e ele a ouviu entrar nela, ficou distraído e, após alguns
minutos, como se atraído por forças orbitais, se despiu, foi até
o banheiro e entrou na banheira também, fazendo a espuma
escorrer pelos ladrilhos. Ela o abraçou e os dois ficaram juntos,
então se levantaram e ele fez amor com ela em cima da pia. Ela
o empurrou, pegou sua virilidade e a puxou sobre sua barriga,
até chegar ao peito dela.

Ocorreu então aquele momento imperdoável que vem logo
depois disso. Ela o temia. Muitas vezes era uma decepção e
tantas outras, ainda pior. Ela fodia e na mesma hora imaginava
que tudo se resumia ao ato. Voltava a si mesma, a Flinders, à
cientista. Mas nenhuma fenda se abriu entre Danny e James

que os obrigasse a sair do banheiro separados. Os ladrilhos do chão continuaram firmes, afixados uns aos outros, e só havia ternura entre os dois.

Caíram no sono de mãos dadas na cama. Mais tarde, ela encontrou uma camisinha em uma de suas bolsas e a colocou nele com o mesmo movimento com o qual havia retirado o suéter na praia, e os dois fizeram amor com calma. Pouco depois se tornou mais vigoroso. Era como se, ao transar, estivessem levando um ao outro a um lugar onde o corpo é deixado de lado e o verdadeiro caso pode ter início.

Era uma manhã na semana do Natal e a temperatura lá fora podia ter chegado ao zero absoluto, com tudo mais lento e congelado em superátomos. Ele não estava preocupado em enviar e-mails à Legoland. Ela colocou o trabalho de lado. Os dois pediram mingau doce e amanteigado, suco e café. A suíte foi reorganizada em torno deles, a lareira acesa. Passaram aquele dia curto aconchegados um no outro num sofá de bordados azuis e prateados. Decidiram assistir a *Neste mundo e no outro*, com David Niven no papel principal. A sequência de abertura mostrando o universo cortava para Peter Carter, líder da esquadrilha, e seu bombardeiro Lancaster em chamas caindo no canal da Mancha, transmitindo seus últimos pensamentos a June, uma operadora de rádio americana:

> "Mas às minhas costas sempre ouço a carruagem alada do tempo passando depressa por perto; e mais além tudo à nossa frente são desertos de vasta eternidade." Andy Marvell, que maravilha. Qual é o seu nome?

Carter pulou do Lancaster sem paraquedas, esperando morrer. A cena seguinte o mostra saindo do mar e andando por dunas não muito diferentes daquelas em torno do Hotel Atlantic. Por culpa dos anjos, que não o viram em meio ao nevoeiro denso, Carter sobreviveu milagrosamente num tecnicolor tão intenso, o primeiro tecnicolor do cinema britânico, que o sofá perdeu a cor e o céu invernal do lado de fora, que tinha um tom prismático quando os dois se sentaram, sem nuvens, com manchas laranja, virou mingau de aveia.

Em *A nova Atlântida*, obra de Francis Bacon, há uma descrição de casas em perspectiva:

> onde fazemos demonstrações de todas as luzes e radiações; e de todas as cores: e, a partir de coisas incolores e transparentes, podemos representar para vocês todos diversas cores; não em raios arco-íris (como em pedras preciosas e prismas), mas individualmente. Representamos também todo tipo de multiplicações de luz, que carregamos a grande distância, e a tornamos tão precisa que é possível discernir pequenos pontos e linhas. Também de colorações de luz; todas as ilusões e os enganos da visão, em números, magnitudes, movimentos, colorem todas as demonstrações das sombras. Também descobrimos diversos métodos, ainda desconhecidos por vocês, de produzir luz a partir de diversos corpos. Buscamos meios de ver os objetos de longe; e coisas distantes como próximas; formando distâncias simuladas. Temos também auxílios para a visão, muito superiores a óculos e lentes em uso. Temos também lentes e meios de ver corpos pequenos e diminutos perfeita e distintamente; como as formas e as cores de pequenas moscas e minhocas, grãos e falhas em pedras preciosas, que de outra forma não podem ser vistas.

É de conhecimento geral que Osama bin Laden nasceu numa família saudita rica. O que poucos sabem é que a fortuna da família foi investida em bancos ocidentais em contravenção à lei islâmica. Caso Osama fosse um saudita pobre, as coisas poderiam ser diferentes. Assim como seriam se ele nascesse numa família rica em outro país. Caso fosse filho de um industrialista italiano, por exemplo, talvez tivesse exercido seu sentimento religioso tornando-se padre na Ordem de Daniel Comboni, cujo lema era *África ou morte!*.

Esse Osama alternativo, padre Giacomo Ladini, não teria a possibilidade de se desviar tanto da santidade da vida.

Ele se deitou ao lado da fossa e teve um sonho tão real que não conseguiu acreditar que fosse só seu. Era carnaval. Num carro alegórico, uma figura parecida com Cristo liderava um grupo de jovens numa dança. Tocava techno. A rua era estreita. Corpos se apertavam nos velhos prédios. Gritava-se em alemão e em francês. Podia ser a cidade farmacêutica da Basileia. Cristo acenava uma mensagem com movimentos das mãos como os movimentos das mãos dos flagelados que marcharam pelas cidades da Renânia durante a peste negra, sinalizando *Eu sou um mentiroso, um ladrão, um adúltero*, exceto que esses gestos não eram confessionais: o Cristo e o público os repetiam uma vez atrás da outra com as mãos, mil anos de amor, mil anos de paz.

Havia uma profusão de rostos variados. Eles eram tocados por uma felicidade geral. Em seguida, ouviu-se a explosão da veste de um homem-bomba e houve um deslocamento de ar, fazendo com que o carro alegórico, o Cristo e muitos do público fossem feitos em pedaços.

Carregaram-no do mar até uma mesquita caiada, separada da praia por um muro de coral e rocha vulcânica. Era uma mesquita antiga; os primeiros fiéis de Kismayo foram enterrados num santuário no pátio dela. Os caixilhos das portas e das janelas eram feitos de tábuas de madeira de mangueira com entalhes intrincados.

Ele foi colocado no chão de cimento de um quarto escurecido por fumaça nos fundos da mesquita. Sentia-se nauseado. Seus ouvidos zumbiam. Uma pilha de celulares vibrava sobre um tapete, levantando partículas de poeira fecal e de incenso à luz que incidia inclinada vindo de janelas com grades, mas sem vidros. Sua vista estava turva. Quando recobrou a consciência, uma lanterna iluminava com mais intensidade o mesmo quarto, de modo que, à primeira vista, os rostos do comandante e dos combatentes lhe pareciam uma pintura holandesa.

O comandante estava sentado de pernas cruzadas sobre o tapete. Reconheceu-o como Yusuf Mohamud al Afghani, um comandante avançado da al Qaeda na Somália: atarracado para um somali, mas com a costumeira vaidade somali, os cabelos ondulados e reluzentes como as plumas de um pássaro canoro, como os de um cantor de jazz, a barba curta e amaciada por unguentos e tingida com hena, tornando a parte de baixo arruivada.

Os cabelos eram a qualidade dos paquistaneses sentados de cada lado de Yusuf: cachos desciam sobre seus rostos e ombros como astracã e sobre braços e punhos e dedos e se empilhavam com um brilho oleoso debaixo de seus lenços de cabeça.

Contou mais doze na sala, a maioria deles rapazes somalis com dentes muito brancos. Kalashnikovs e lançadores de granadas estavam encostados em uma parede, sacos de incenso amontoavam-se até o alto na outra. Alguns homens se sentavam sobre engradados de munição. Um relógio chinês barato com uma imagem da Grande Mesquita de Meca estampada no mostrador pendia sobre a porta.

Na parede atrás de Yusuf havia uma página emoldurada do Corão, um recorte de jornal exibindo Osama bin Laden antes da sua submersão e um pôster do jogador de futebol francês Thierry Henry jogando pelo Arsenal. Havia cocô de rato no chão. Havia lixo. Uma chaleira com água fervendo sobre um fogo baixo de parafina no centro. Ao lado, tigelas, uma panela de arroz com vapor saindo dela, sacos de grão-de-bico, doces e uvas trazidos de navio de Karachi. Aquele lugar era uma caverna de texugo: fechado, fétido e com a ameaça de perigo, pinceladas holandesas compondo os rostos com profundidade e sombra.

O jovem saudita ansioso que o havia confrontado na praia, atirado para o alto e o coberto com seu lenço de cabeça respirava perto dele e o fazia comer uvas, uma de cada vez: Saif estava ali. Saif, aquele com um espaço entre os dentes, que também era conhecido como Haidar, o Leão, porque era um homem-bomba que tinha feito tudo o que fora exigido dele; cujo colete não havia explodido, deixando-o entre os vivos e os mortos, invencível, um mártir que ainda caminhava entre os homens.

O sorriso de Saif era enganoso; um sorriso calibrado. Nesse aspecto, uma detonação à espera de acontecer, chegado a violentas mudanças de humor. Ele decorara algumas cenas de filmes da Pantera Cor-de-Rosa, servira chá doce para os pobres, cortara a garganta de um estudante em Jidá e, sem remorso, jogara uma granada numa locadora de filmes em Mogadíscio, matando quem estivesse dentro dela pelo crime de assistir a um filme de Bollywood.

Yusuf pegou celulares ao acaso e começou a mandar mensagens de texto com ordens para as linhas de combate. Quando terminou, enfiou arroz na boca com os dedos em concha e bebericou chá. Comeu em silêncio. Levantou-se e passou por cima das pernas dos seus homens com cuidado e cortesia. Parou diante de James, leu em voz alta as palavras da camiseta do inglês e seguiu para a noite estrelada.

Um vento soprava do mar. O pátio da mesquita estava coberto de areia. Yusuf lavou as mãos e os pés e entrou na mesquita. Levava uma lanterna no escuro e se ajoelhou atrás de uma pilastra nos fundos e rezou. A jihad havia sido difícil. Seus homens lutaram contra soldados etíopes, pacificadores da União Africana de Uganda e Burundi e tropas do Governo Transicional da Somália e suas milícias aliadas. Certa vez, em Mogadíscio, os etíopes lançaram projéteis de fósforo com napalm que inflamavam e queimavam os barracos e grudavam na pele dos seus homens e os calcinava. Houve outra ofensiva em que eles tiveram de juntar os pedaços dos rapazes atingidos por morteiros e prepará-los para o funeral. Ele tinha recorrido aos métodos do Iraque, escondendo-se entre os pobres, usando-os como iscas, colocando explosivos improvisados em praças de mercado e treinando brigadas suicidas para atacar os alvos dos cruzados.

No dia em que fizeram sexo pela primeira vez, ela contou a ele de seu trabalho. Estavam sentados à mesa do quarto dela. Seus papéis e suas xerox estavam empilhados num canto. As fichas estavam reunidas de qualquer jeito do outro lado. No centro da mesa havia um cinzeiro de vidro. Ela puxou do meio dos papéis uma foto aérea de um navio. Era sua forma de entrar suavemente no assunto.

— O navio de pesquisa *Knorr*. Porto-sede: Woods Hole, Massachusetts. Carrega todos os instrumentos destinados a ajudar oceanógrafos. Em expedições mais longas, é normal que tenha um submergível a bordo.

Era verão no oceano Ártico. Havia fragmentos de gelo. Os conveses eram arrumados em retângulos. Havia um hangar nos fundos do navio. Para ele, pareceu industrial comparado aos navios baleeiros nas pinturas das paredes da casa de sua família, que tinham curvas e eram cravejados de dentes de baleia ao longo dos parapeitos. Mas, de novo, o que ele sabia? Era só um paraquedista que havia se tornado espião.

— Eu tenho uma visão francesa da ciência — comentou ela.

— Muito romântica. Não me interprete mal. Eu sou sensível. É que tenho que parar de me apaixonar por comentários como "a exploração é uma caçada cuja presa é a descoberta".

Ela acendeu outro cigarro.

— De qualquer forma, nunca trabalhei na França. Quando comecei meu doutorado, dividi meu tempo entre Zurique e uma cidade chamada La Spezia, na Itália. Você conhece?

— Não.

— Os italianos a chamam de Spesa. Era conveniente. Não muito longe da casa dos meus pais seguindo pela costa. É a base naval italiana para o mar da Ligúria. Tem um adorável mural de Prampolini, o futurista, no prédio dos correios da cidade. Tem também uma imagem submersa de Jesus na enseada a poucos metros de profundidade. Não dá para ver, mas eu sempre a sentia debaixo de mim toda vez que nos lançávamos ao mar, de mãos erguidas — e ela ergueu as mãos sobre a cabeça —, abençoando todos os barcos que passavam acima.

"O mar da Ligúria é uma das partes mais profundas do Mediterrâneo. É mais ou menos assim — ela rabiscou com um lápis um talho numa linha que indicava ser o fundo do mar — e desce até dois mil oitocentos e cinquenta metros. Um submundo ao alcance da Riviera. Maravilhoso.

"Fui a Spesa para trabalhar num projeto da OTAN para proteger as baleias-bicudas-de-cuvier no mar da Ligúria. Precisavam de um matemático para entender como o ruído reverberava nos cânions submarinos. A esperança era rastrear o alcance de mergulho dessas baleias e verificar se o sonar da Marinha causava algum dano a elas. Havia golfinhos no golfo da Ligúria e baleias comuns, baleias-piloto e raramente cachalotes mais distantes. No meu trabalho, eu só estava focada na baleia de Cuvier. São baleias de dentes rugosos. — Ela desenhou o esboço de uma. Era professora. — Sete metros de comprimento do bico curto, passando pela cabeça em declive até a barbatana da cauda, aqui. São tímidas e difíceis de localizar. Vivem até os 80 anos."

Seu desenho as fazia parecer golfinhos.

— São brincalhonas?

Ela refletiu a respeito.

— Não, eu não diria que são. Elas são difíceis de caracterizar. No início, pensei que não tinham crescido, que eram infantis, mas, quanto mais as estudava, mais sérias pareciam ser suas vidas. O que existe de realmente interessante nelas é a profundidade que conseguem alcançar. São as criaturas que mergulham mais fundo no mundo. Ficam debaixo d'água por uma hora, a uma profundidade de dois mil metros, usando sonar para caçar lulas lá embaixo.

— Um drinque?

— Não para mim.

Ele se serviu de uísque.

— Eu gostei da aparência delas, eram umas coisas muito fofas, com uma mancha debaixo da mandíbula e olhos de pálpebras muito pesadas. O trabalho não era muito desafiador, eu me cansei dele e, no fim, as baleias não me interessavam mais que uma perdiz ou um daqueles cachorros de três pernas engraçados que às vezes se veem nos parques de Londres. As baleias de Cuvier são uma espécie K sob as condições do oceano, que não variam muito: amadurecimento lento sem predadores, cérebros grandes, longa gestação e baixo índice de nascimentos. Se eu fosse uma engenheira, como você supôs, eu me interessaria em saber como elas foram a certa altura derretidas para fazer óleo de relógio, fazendo os segundos serem marcados em relógios suíços. — Ela batucou no mostrador do seu. — Se eu fosse bióloga, eu definitivamente me interessaria pelo fato de que elas não conseguem nadar nos rios que fluem para o mar Lígure porque seus fígados não conseguem filtrar as bactérias que existem na água doce. É provável que eu ficasse maravilhada com a inteligência delas. Em vez de tudo isso, eu estava no barco, e o barco estava se movimentando, o barco está sempre se movimentando, escutando as baleias, primeiro a muitas braças de profundidade, depois mais fundo e... Você sabe qual é o som de uma baleia debaixo d'água?

— Como uma vaca?

— Como um pedaço de plástico dobrando e estalando. Ou às vezes cliques que se ouvem ao telefone. Finalmente captei a mensagem. As baleias estavam me mostrando o caminho, só isso. Nada foi igual depois daquilo. Em vez de olhar para criaturas, comecei a olhar para o mar em si, como ele preenchia os cânions, e como era lá no fundo, como as coisas aconteciam lá.

"Acho que pensei nisso pela primeira vez quando meus colegas começaram a estudar a descompressão que as baleias de Cuvier sofriam quando subiam em busca de ar, elas subiam e era como se tivessem deixado o mundo e o retorno a ele era violento. Elas ficam inertes na superfície e ainda não sabemos se é por causa da dor causada pelo mal da descompressão, da osteonecrose crepitando em seus ossos ou do fato de serem cegadas pela luz."

A estratégia dos jihadistas aliados à al Qaeda na Somália é criar o caos a fim de estabelecer uma nação islâmica suprema, pura em sua religião: o califado de uma Somália Maior na vanguarda da jihad global. Combatentes locais e estrangeiros vão atacar as cristãs Etiópia e Quênia para libertar os muçulmanos daqueles países e assim arrastar a América, a Europa e os outros cruzados para o combate. O objetivo da jihad global é se replicar através da força das armas, criando um superestado muçulmano: intercontinental, sem fronteiras, adjudicado pelas mesmas leis e unido pela prece.

~⁓

Yusuf prostrou-se atrás da pilastra na mesquita à beira-mar. Ele era um fanático, um soldado, um fã do Arsenal e só Alá sabia que ele rezava por clareza da mente e dos motivos. Rezou pelos homens religiosos. Rezou pela submissão da Somalilândia e pelo retorno de Ogaden à Somália. Rezou para que os piratas ladrões e libertinos sejam arrastados pelos cabelos à presença flamejante de Deus ou então para que sejam estrangulados.

Ele era al Afghani — o Afegão — porque havia treinado nos acampamentos da al Qaeda como franco-atirador e depois em tática. Tinha sido guarda-costas de Abdullah Azzam em Peshawar até o assassinato de Azzam. Depois fora designado para proteger Hamza bin Laden, um dos filhos mais jovens de Osama. Foi Azzam quem traçou o caminho a ser seguido por Yusuf: apenas jihad e bala, nada de negociação, diálogo ou rendição.

Estivera com Osama bin Laden por alguns dias em Tora Bora em 2001. Voltou para casa na Somália em 2002, poucas semanas depois de escapar de um ataque a um esconderijo nas montanhas de Asir no sudoeste da Arábia Saudita. Quando homens da força antiterrorista invadiram a casa, eles encontraram uma tigela de mingau ainda soltando vapor em cima da mesa e uma pilha de passaportes de diferentes países africanos, cada um com a foto de Yusuf, cada um com um nome diferente. A fuga foi celebrada nos sites jihadistas e veiculada em vídeos de ataques à bomba e de decapitações de infiéis.

No entanto, foi apenas um ardil: um correligionário infiltrado na polícia saudita redirecionou a equipe de busca, enquanto Yusuf escapava descendo um penhasco.

Ele estava em guerra contra os líderes militares e outros infiéis que destruíram a Somália depois da queda do regime de Siad Barre, em 1991. Eram assassinos analfabetos, sifilíticos e irracionais. Mas seus homens não eram diferentes. A jihad atraía uma boa cota de sociopatas. Ele precisava era de jovens com motivos puros que estivessem preparados para a batalha ou para vestir um colete de explosivos e se detonar. Tinha passado a infância como pastor na Somália e sabia como rapazes eram resistentes, espertos e corajosos, por isso preferia trabalhar com eles a com homens, que não eram confiáveis, ou com quem estivesse na jihad pelo dinheiro ou por lealdade ao clã. Yusuf doutrinava pessoalmente os rapazes em seus acampamentos: "Matem em nome de Alá! Matem até que o mundo acabe! Se vocês forem os últimos fiéis, matem! Se forem mortos, Alá os vingará! Se forem mortos, o paraíso será de vocês!" Ele recitava o Corão. Contava aos rapazes como não havia encontrado um lar no século XX, com seus impérios cruzados e comunistas, com o estado de Israel e o complô sionista, mas tinha encontrado um lar na jihad do século XXI. Os meninos se aquietavam e ficavam mais rígidos quanto mais ele falava. Davam socos no ar. Escondiam seus rostos em lenços e rolavam sobre encostas pedregosas com suas metralhadoras. Eles foram instruídos a usar morteiros por um ex-boina-verde branquelo do Exército dos Estados Unidos, que tinha se convertido ao islã depois de servir com unidades mujahidins na Guerra da Bósnia. Yusuf encerrava o treinamento falando sobre o califado. "O califado está a caminho. Os tempos sagrados estão voltando!", dizia ele. O califado era um estado de inocência protegido por leis severas, no qual músicos e todas as pessoas que agiam de forma estranha eram chicoteados, as mãos dos ladrões eram cortadas, os mentirosos marcados a ferro e fogo e agitadores sufis, cristãos e marxistas eram decapitados. Havia menos partidos, nenhum cigarro nem qat.

Para pagar seu sustento, doar aos pobres e sustentar suas esposas e filhos, Yusuf vendia incenso. O dinheiro para a sua milícia provinha de rendimentos de impostos públicos, extorsão das cidades que ele governava e doações privadas de países árabes. Suas armas chegavam em navios costeiros do Iêmen e dos Emirados Árabes Unidos e por avião da Eritreia. Ele combatia ao lado das facções jihadistas sob o comando de Mukhtar Robow e Hassan Turki, que se chamavam de al Shabab, ou a Juventude; ele se mantinha distante do rival Hizbul Islam de Hasan Dahir Aweys.

Às vezes ficava desapontado. Palavras eram usadas no lugar de armas e armas eram disparadas em ocasiões em que palavras teriam resolvido. Era um tático e sua primeira tática era a confiança mais absoluta em Alá, o mais misericordioso, o mais benevolente. Em várias ocasiões havia escondido os agentes da al Qaeda procurados pelos ataques às embaixadas americanas em Nairóbi e em Dar es Salaam em 1998 e aos turistas israelenses em Mombasa em 2002. Alguns desses agentes foram apanhados em ataques aéreos americanos ou capturados pelos chefes militares de Mogadíscio e vendidos. Ele mesmo estava sempre em movimento. Passava a maior parte do tempo no deserto ou nos pântanos. Nas cidades, dormia nas mesquitas próximas ao mercado. Escondia o rosto ou usava algum disfarce.

Cortava línguas em plena luz do dia. Ganhava batalhas. Juntos, os jihadistas controlavam o sul da Somália e a maior parte de Mogadíscio. Ele tinha estabelecido células terroristas de três homens em Nairóbi e Dubai e tinha agentes locais em Mwanza, Johanesburgo, Cardiff e Londres.

Suas verdadeiras crenças não eram muito diferentes da doutrinação que ele difundia nos acampamentos. Estava nisso até a morte. A diferença é que ele era mais experiente. Para Yusuf, a crença vinha em primeiro lugar. Para os meninos, o martírio precedia a compreensão.

Ainda assim, havia uma questão do que a religião significava para um jihadista. Não havia introspecção, exceto a que era necessária para olhar para dentro de si mesmo e decidir morrer por uma causa. Abominava-se a ciência e tratava-se a filosofia como algo repugnante. Suas mulheres, irmãs e filhas estavam em outra parte. Não tinham pensado em um lugar para elas no califado, sequer um lugar aonde pudessem ir e receber atendimento médico.

Yusuf rezava e rezava. Olhava para a direita e para a esquerda. Batia com a testa no chão. Estava deixando Kismayo de manhã cedo para coordenar os combates no distrito de Medina em Mogadíscio. Ele rezava para que não fosse reduzido a um animal, como o comandante jihadista que destruía as lápides dos cemitérios sufis por prazer e matou uma velha freira italiana em Mogadíscio enchendo-a de balas até que seu corpo se despedaçou. Não havia justiça sem a possibilidade de misericórdia, como, por exemplo, para o inglês que tinham tomado como refém.

"Alá, proteja-me do fogo do inferno", foi sua última prece.

— As baleias de Cuvier — continuou ela — aprenderam a mergulhar mais fundo durante uma evolução de um milhão de anos. Foram passando de uma evolução para a seguinte. Pensar na forma como uma baleia-bicuda mergulha é uma boa maneira de pensar na dimensionalidade do oceano.

Ela escolheu um lápis de ponta mais macia e desenhou com linhas espessas sobre o papel que usava para seus cálculos um corte transversal do planeta de sua estratosfera até seu núcleo fundido.

— O oceano cobre setenta por cento da superfície do planeta. Você sabe disso. Ele tem cinco zonas. A primeira é a epipelágica. OK. Isso tem a profundidade de um relógio de pulso. Contém toda a vida vegetal, os recifes de corais e todos os naufrágios até os quais podemos mergulhar com aqualungs, todo aquele programa do Jacques Cousteau. Qualquer memória que tenhamos do batismo ou de outra forma de submersão é aqui na água azul.

"A zona seguinte é mesopelágica. É a zona crepuscular, na qual o azul e as outras cores e a luz desaparecem. — Desenhou mais algumas linhas. — Tudo debaixo do mesopelágio é noite. Primeiro vem a zona batipelágica, depois a abissopelágica e, por fim, a hadopelágica."

Ela ergueu o olhar. Ambos o fizeram.

— A hadopelágica é a que me interessa. Hadal, do grego *hades*, que significa "não visto". Isso — disse ela, sombreando o rabisco — é o outro mundo no nosso mundo. A única luz é a bioluminescência dos peixes que se movem sob o peso de mil atmosferas.

Ela desenhou os círculos que representavam as partes interiores do planeta.

— Existem três mil quatrocentos e oitenta e um quilômetros de rocha fundida e dois mil seiscentos e noventa quilômetros de manto. Ninguém sabe muito sobre o manto. Não tem vida e, consequentemente, nenhuma possibilidade de reanimação, por isso não há interesse científico sobre ele. Eu discordo. Estou estudando o que acho que seja a porção viva do manto, os poucos primeiros quilômetros subjacentes à zona hadal. Acredito que as fissuras do fundo do mar no manto estejam cheias de vida microbiana.

Seu lápis repousou sobre o núcleo e o manto.

— A biosfera é a derme. Toda vida e regeneração no nosso mundo pertencem a ela. Por mais espessa que nos pareça, com suas histórias de evolução e extinção, exploração e colonização, o manto abiótico é várias centenas de vezes mais espesso.

Ela desenhou outra escala mostrando como quase toda a biosfera estava no oceano.

— Existimos apenas como uma película sobre a água. Claro, isso contraria a religião do Jardim do Éden e o cânone de documentos políticos que terminam com a lei internacional do mar que promove a primazia do homem sobre o planeta. Dá só uma olhada — disse ela, correndo o lápis de novo sobre as linhas e curvas. — Somos o breve experimento da natureza com a autoconsciência. Qualquer estudo sobre o oceano e o que jaz abaixo dele mostraria com que facilidade o planeta poderia nos descartar num piscar de olhos.

— Poxa.

— Usamos a palavra "mar" e "oceano" intercambiavelmente, tudo bem, eu mesma faço isso, "mar" é uma palavra poderosa. Um iate pertence ao mar, está sempre destinado ao próximo porto da sua rota. Surfistas também pertencem ao mar, não ao oceano. Você viu quão minúsculos eles pareciam nas ondas hoje. Como eram agitados como se estivessem em uma máquina de lavar quando caíam de suas pranchas. Às vezes eles vão até o fundo. Quando pegam uma onda, ela os leva para casa, para a terra. O mar tem o seu poder transformador, sua própria história. Eu disse a você que a minha mãe é da Martinica. Para os martinicanos, a história do mar remete à escravidão. O mar faz a travessia, a questão é essa. O mar é uma pausa entre uma aventura na terra e outra. Ele junta terras. O oceano se afunda e junta mundos.

Ela nem havia começado a falar da vida quimiossintética e do resto — as moléculas refratárias de bactérias anoxgênicas foto-heterofóticas —, mas não conseguia se lembrar de ter tido uma conversa tão intensa com um amante. Talvez fosse porque estivessem muito perto do Atlântico, ou porque ele morasse na África e ela não o veria de novo, ou talvez fosse o oposto, porque ela o veria o tempo todo.

Eles conversaram noite adentro. A retidão das cadeiras trabalhava contra a intimidade. Já tinha havido uma consumação e seu cortejo era subsequente; na conversa, não no silêncio do toque.

Ele sentia uma fragilidade interior. Não podia compartilhar sua carreira com ela, e era o desequilíbrio na conversa deles que talvez o tenha feito falar da serpente de Midgard, que havia crescido tanto no oceano que os nórdicos acreditavam que ela envolvia o mundo.

— Você conhece a história?

— Vagamente — respondeu ela. — Quase nada.

— O elo que sustentava a serpente de Midgard era o próprio peso do oceano, que era impossível de ser empurrado. A serpente tinha uma irmã e um irmão. A irmã, Hel, se tornou a Morte. Foi dotada por Thor do poder de mandar os mortos para nove mundos separados. Sua mesa era feita de fome, as paredes de sua casa eram feitas de agonia e a argamassa era o horror. O irmão da serpente era o lobo Fenrir. Era preso por correntes feitas da abertura e do fechamento das guelras de peixes, dos passos de um lince, das raízes de pedras debaixo de uma geleira, dos humores de ursos e das gotículas nas garras de uma águia mergulhando sobre um cordeiro.

"Dos três irmãos, foi a serpente de Midgard que ficou viva por mais tempo no mar. — Ele sorriu e se corrigiu. — Quero dizer, no oceano."

— Quem era o pai? — perguntou ela.

— Loki, o deus da trapaça. Claro, ele também acabou mal. Odin o acorrentou a uma rocha e fez com que veneno fosse cuspido no rosto dele. Suas convulsões causavam terremotos debaixo d'água.

Ela se levantou e se alongou.

— Os gregos — disse ela, tocando os dedos do pé — acreditavam em Okeanos, o oceano ao redor do equador exibido no escudo de Aquiles que mantinha o mundo flutuando.

Ela falou disso e eles conversaram sobre Atlântida. Ela não falou nada da Suméria e de Enki — Abzu era algo tão pessoal para ela quanto os números.

Em vez disso, desceu em espiral o eixo do tempo no oceano. Apresentou para ele o exemplo do peixe-relógio.

— É um peixe que leva quarenta anos para chegar à idade adulta e vive até os 100 anos nos montes submarinos, mas foi pescado até quase ser extinto em uma geração.

"Digamos que o Atlântico tem 160 milhões de anos. Ele pode ser até mais velho. Nós aparecemos há menos de um milhão de anos. Demos as caras ontem. Não é lá grande coisa. No entanto, em algum lugar do Atlântico, nesse momento, e nos outros oceanos, um homem, desculpa, é sempre um homem, não?, um homem está destruindo um monte submarino mais antigo que qualquer floresta frondosa sobre a terra, que ele não pode ver e se recusa a valorizar."

Ela recuou diante de sua própria veemência. Fez uma pausa e então recomeçou.

— Dezenas de milhares de montes submarinos foram destruídos em nossa época. Todo monte submarino está condenado a ser demolido assim que é localizado. As correntes das traineiras que exploram águas profundas destroem os corais e as esponjas de águas frias que já estavam lá antes que existisse uma língua inglesa e que podem conter os mais poderosos antibióticos e agentes químicos que poderiam ser usados no tratamento do câncer. Se isso acontecesse num mundo de ficção científica, não passaria despercebido por ninguém, mas ninguém vê porque está acontecendo aqui e agora. É ofuscado pelo dinheiro que alguém está ganhando com isso. Os cientistas são, em parte, culpados. A gente sempre se revolta depois que a destruição já aconteceu. Existem cientistas que se tornam colaboradores de empresas, preparando pesquisas sob medida para uma companhia ou outra. Tenho a sorte de trabalhar numa profundidade além do alcance da indústria. As empresas querem os nódulos de manganês, o ouro e os combustíveis que se encontram nas grandes profundidades, mas ainda é muito caro fazer essa exploração. Ainda existe um tempo que não foi alterado. — E, ao dizer isso, ela pensava na zona abissal, na sua extensão, na sua duração, nos seus segredos: espécies de peixes-bruxas mais antigas que o Atlântico, que viviam daqueles acima delas que afundavam, enroladas para dar a suas mandíbulas um ponto de apoio para abocanhar as formas apodrecidas e pálidas dos mortos.

Já havia escurecido. Estavam sentados ao redor da mesa em silêncio. Tinha começado a nevar; de novo a noite de inverno, de novo o anúncio luminoso lançando seu brilho acima da porta do hotel.

    Apesar de sequer tocarem na biomatemática, esses poucos fatos e reflexões lançavam diante deles uma pergunta comum, que estavam cansados demais para perceber: será o homem o deus brincalhão Loki, que precisa ser acorrentado?

Eles tinham diferentes compreensões de tempo e espaço. Ele trabalhava na superfície, na parte exterior do mundo. Para ele, tudo seguia um fluxo. Mandava agentes se infiltrarem em mesquitas na Somália e ao longo da costa suaíli. Preocupava-se com becos, crenças, dispositivos incendiários; com meses, semanas, dias, com horas indeléveis. Para ela, um século era um instante. Estava interessada na base da coluna corrosiva de água salgada, delimitando através da matemática o outro mundo vivo que tem existido na escuridão e em dimensões continentais por centenas de milhões de anos.

— Abre os olhos. Abre os olhos.
    Ele abriu. Era de manhã. O quarto escurecido pela fumaça estava vazio exceto por um mujahid — da Tchetchênia, pela aparência — que estava agachado perto da porta desmontando uma metralhadora Zastava e colocando as peças numa mochila escolar. A cor que entrava através das janelas e da porta era azul. Yusuf estava vestido como um vendedor do mercado de

Bakara, em Mogadíscio, de jeans, sandálias e uma camisa de mangas curtas, óculos escuros enfiados no bolso. Apenas as cicatrizes de um ferimento superficial no pescoço sugeriam sua causa e luta.

— Você está vivo. Que bom. Bebe isso — disse Yusuf, e lhe passou um copo d'água.

Ele bebeu.

O tchetcheno trouxe a mochila com a arma dentro dela e, ao comando de Yusuf, segurou o lampião a óleo perto do rosto de James, tão perto que ele sentiu o calor do vidro. Yusuf ficou atrás do lampião. Havia tirado a barba durante a noite. Seu rosto tinha ficado pesado, coberto de cicatrizes.

— Por que você está aqui? — Yusuf perguntou em árabe e no péssimo inglês que havia aprendido em Peshawar.

— Eu já disse aos seus homens — respondeu ele, em árabe. — Eu sou engenheiro hidráulico. — Aos seus ouvidos, sua voz soava fraca e distante. — Eu queria... Eu quero planejar um sistema de água para Kismayo. Fui convidado.

— Não para fazer outra coisa?

— Não.

— Estamos lutando uma guerra aqui.

— Eu entendo, mas o seu povo precisa de água.

Seu povo. Yusuf tinha algum povo?

Ouviu-se o som de risadas do lado de fora, um som raro ali, mas não alterava nada do lado de dentro. Não havia igualdade entre eles. Yusuf era um somali, ele não se importava com preto ou branco, sempre superior.

Os dentes do homem eram amarelos na escuridão, amarelos como os de um roedor. Os olhos eram amarelos também, de alguma doença do fígado. Olhos grandes: era um daqueles bandidos que nunca piscavam quando sacavam uma arma para um infeliz.

Identificou-a como uma Ceska, uma bela arma, fácil de manejar. Devia ser a arma padrão de um oficial do Exército somali quando o país era um Estado cliente da União Soviética. O cabo tinha sido pintado com flores de esmalte, muito provavelmente no Afeganistão.

— Seu trabalho é importante para você?

— Sim, muito importante — disse ele. E, como numa prece, disse a si mesmo: água, seja meu disfarce, água, me acoberte.

Yusuf tocou a tatuagem no braço dele com a pistola. Um paraquedas. A insígnia do regimento.

— O que é isso? — perguntou Yusuf.

— Um erro. Eu fiz quando era jovem.

— Vir para cá foi um erro.

A pistola foi enfiada mais fundo no seu rosto. Ele sentiu o O na sua bochecha, apertado contra seus dentes.

— Por favor, não faça isso. Precisam de mim. Por favor, por favor.

Ele chorou. Não teve vergonha. De pé, no mar, no momento em que acreditava que ia morrer, ele não disse nada. No entanto, agora pensou que diria qualquer coisa para sobreviver, ou talvez não acreditasse que Yusuf fosse apertar o gatilho. O céu não estava se fechando, ele não estava se virando, não, a pistola servia para explorá-lo, outro modo de conhecê-lo.

— Você tem filhos?

— Não.

— Esposa?

— Eu não sou casado. Meus empregadores contam comigo e por isso...

— Vamos chamar você de senhor Água — disse Yusuf, decisivamente.

— Meu nome é James. Eu preciso ligar para a minha família. Preciso dizer a eles que estou vivo. Podemos organizar um acordo. Eu valho mais vivo que morto. Eu valho uma boa soma de dinheiro.

Yusuf segurou a Ceska pelo cabo florido como se fosse surrá-lo com a pistola.

— Quando quisermos saber sobre água, você vai nos contar. Meus homens queriam matar você. Eu disse não, o islã vê com carinho os misericordiosos, e o seu trabalho é misericordioso. Qual é a sua nacionalidade?

— Britânica.

— Correto. Você é britânico e não vale nada. Não existe dinheiro. Os espanhóis pagam, os alemães pagam, os britânicos nunca pagam.

Yusuf começou longas recitações em somali. Depois de algum tempo, fez um comentário em árabe.

— Como seria agradável em Eid se, em vez de matar um animal em nome de Alá, nós matássemos um infiel.

Involuntariamente, James tremeu. Era um conto de fadas arruinado. Fi-fai-fo-fum! Sinto o cheiro do sangue de um inglês. Esteja vivo ou mesmo morto, vou cortar a merda do seu pescoço. Ficções, nenhuma delas é muito alegre. Yusuf acreditava que Alá tinha colocado uma cortina invisível do alto do céu até a terra separando os fiéis dos infiéis. Ele estava em busca de quarentena, não do Leviatã.

— O senhor bebe álcool, senhor Água?

— Sim, bebo.

— O álcool separa você do Criador.

— Sem dúvida — disse ele. Estava completamente podre, qualquer um conseguia ver isso; os rins infectados, a urina cor verde-mar e o sol estava chegando, iluminando a porta, mas ele queria um copo de uísque, Macallan, Bell's, Paddy, o que quer que fosse; um pouco de gelo, a garrafa aberta no chão ao seu lado.

— É importante para mim que você seja tratado com generosidade. É o desejo de Alá — comentou Yusuf.

— Obrigado — disse ele, baixando os olhos.

Yusuf exigia submissão e James a oferecia, enquanto o que transcorria na relação deles era que o somali havia ordenado que ele fosse mantido refém, jogado na própria sujeira e surrado. Tinha perdido um dente, dois outros estavam moles, seu nariz tinha sido quebrado, suas costelas fraturadas. Abriram um corte em sua mão e no ombro com uma lâmina e em outra briga um mujahid tinha agarrado seu pau e suas bolas e puxado com força, rompendo um músculo.

Era verdade. Ele não valia nada. Yusuf já tinha seu passaporte, telefone, tablet e relógio. O Governo de Sua Majestade jamais pagaria por sua soltura. Não chegaria sequer a reconhecer o sequestro no seu caso, a não ser que fosse forçado por um trabalho preciso de reportagem.

A Somália estava seca. Tinha parado de chover. As pessoas estavam morrendo de sede e ele sabia melhor que qualquer engenheiro de verdade que só estava vivo graças à promessa de água. Estava grato por viver como o senhor Água.

— Você vai ver o médico — disse Yusuf em voz baixa. — Ele vai cuidar de você. Vai comer, vai beber. Entendeu?

Ele desviou o olhar.

— Sim.

— Estenda as mãos — mandou Yusuf.

Ele as estendeu.

— Pega isso. — E Yusuf colocou em suas mãos uma pequena garrafa de perfume com um rótulo de uma rosa. — Abre.

Era enjoativo; a substância era pegajosa, como desodorante saído de uma bola de plástico.

— Obrigado.

Nada mais foi dito. Só havia o tique-taque do relógio de plástico acima da porta e o som das ondas e do vento entrando pelas frestas da parede grossa e os murmúrios do mujahid — ele era tchetcheno. Yusuf se levantou e colocou no ombro a alça da mochila com a metralhadora. O tchetcheno se aprumou sentado no chão e observou seu comandante descer os degraus caiados até a praia e aparentemente até o mar.

O tchetcheno o ergueu, fazendo-o ficar de pé. Estavam metade dentro e metade fora da luz e ele viu pó de incenso na ponta dos dedos do tchetcheno, do tipo que poderia ter sido presenteado a Cristo na sua Natividade.

~⁀⁓

O livro dos Salmos diz que o Pai Divino ajunta as águas do mar como num montão e põe os abismos em depósitos.

O que diabos existe lá? Noventa e um por cento do espaço vital do planeta, noventa por cento das criaturas vivas. Para cada pulga, nove pulgas marinhas. Nem cães, nem gatos, mas tantas outras criações com olhos e pensamentos, movendo-se em três dimensões. Esse mundo precisa ser explorado. Com o quê?

Existem apenas cinco submergíveis no mundo capazes de mergulhar além de três mil metros. Esses minúsculos submarinos podem girar numa moeda, no entanto têm problema de frear na coluna de água. Entre eles estão os gêmeos submergíveis *Mir* da Academia Russa de São Petersburgo; o japonês *Shinkai*, baseado em Yokosuka; o americano *Alvin*, operado pela Instituição Oceanográfica Woods Hole; e o francês *Nautile*, nomeado em homenagem ao *Náutilus* de Jules Verne, operado conjuntamente pela Marinha francesa e pela organização nacional de pesquisa IFREMER. Sua profundidade operacional vai até seis mil e quinhentos metros, ou seiscentos e oitenta atmosferas, colocando noventa e seis por cento do oceano ao alcance do homem (incluindo a maior parte da zona hadal), mas nenhum desses submergíveis é capaz de igualar o feito do *Trieste*, que em 1960 tocou a depressão Challenger na fossa das Marianas; aos onze mil e trinta e quatro metros de profundidade, o fundo absoluto do mundo conhecido.

Um aquanauta é alguém que explora o oceano da mesma forma que um astronauta explora o espaço. Os primeiros aquanautas eram pendurados por um cabo numa bola de aço a profundidades que apenas aqueles enterrados no mar haviam atingido antes. Havia bandejas de cal sodada para absorver o dióxido de carbono que os aquanautas exalavam. "Eu me senti como um átomo flutuando num espaço ilimitado", disse um deles.

Em 1954, dois oficiais navais franceses fizeram o primeiro mergulho na zona abissal, descendo a quatro mil e vinte e três metros nas águas do Senegal no batiscafo FNRS-3. Esse mergulho comum marca o início do voo oceânico, menos celebrado que o voo espacial, mas não menos heroico.

De muitas maneiras, o oceano é mais hostil que o espaço. O voo espacial é uma viagem para fora. Você pode ver aonde está indo, por isso as tripulações das naves espaciais geralmente se sentam em cadeiras giratórias diante de uma gigantesca janela ou tela. O espaço lida com a ausência de peso e velocidades nunca antes atingidas por máquinas e que mal podem ser sentidas; o jato de um spray é suficiente para propelir uma nave, a cutucada de um lápis a coloca em movimento e enquanto isso o ar no interior se comprime contra o vazio do lado de fora. O voo no oceano, por outro lado, é uma jornada para dentro, para a cegueira. Tem a ver com o peso, a parada da embarcação nas camadas termais, a pressão da água querendo entrar e a percepção aniquiladora de que a maior parte do planeta que chamamos de nosso nos é hostil. Nunca haverá um momento de Neil Armstrong no oceano. Não há nada para iluminar o caminho, nenhuma perspectiva, nenhum horizonte; mesmo encaixotado numa roupa de metal, o corpo humano é liquescente demais para pensar em sair de sua proteção no fundo do mar.

~⁓◦

Eles o deixaram sozinho no pátio para se lavar. Estava emotivo como um animal que tivesse sido encurralado e depois inexplicavelmente deixado em paz. Lágrimas escorriam pelo seu rosto.

Apareceram outros combatentes. Eles lhe deram uma camisa limpa, um *kikoi* limpo e um par de sandálias. Fizeram-no envolver seu rosto num lenço e descer as mangas da camisa enquanto caminhavam juntos por ruas arenosas e vazias e pela deserta praça central de Kismayo. Olhou para trás e viu o oceano Índico e algo nele foi desperto diante da visão daquela imensidão, ele se endireitou, era parte do mundo de novo, não uma consciência removida dele, e Kismayo era uma cidade mendicante, não parte da loucura que havia se aproximado demais do sol. Ele estava ao ar livre, sob o céu, exultante. Caminhou com as sandálias nos pés. Não estava mais tocando memórias para si mesmo. Ele as estava fabricando. Os combatentes o acompanhavam. Levavam suas armas a tiracolo. Queriam dar a impressão de que ele era um mujahid branco, livre para ir e vir à vontade.

Passaram por outra mesquita que estava iluminada com luzes neon brancas e vermelhas como uma sorveteria. Ao lado dela havia uma clínica comandada por um médico iraquiano que atendia os pacientes de manhã e planejava a jihad de tarde. Havia muitos mujahidins encostados numa sacada do primeiro andar comendo frutas. Na porta do consultório havia um adesivo no qual se lia "Proibido porte de armas": um círculo vermelho com uma metralhadora cortada pela faixa preta. Era de outra época, quando organizações de ajuda humanitária trabalhavam em Kismayo. Não significava nada. Havia uma porção de armas na sacada e uma arma antiaérea Dushka enfiada no meio de sacos de areia.

Ele foi empurrado para dentro. Para os padrões da Somália, era um local esterilizado. O chão e as paredes tinham sido lavados. Havia baldes de água. As janelas e a porta de vidro foram pintadas por dentro com tinta branca. Havia um armário de remédios. Uma mulher num hijab apareceu por trás de um biombo. Uma enfermeira. Ela o colocou numa maca. Abriu sua camisa e tocou no seu peito. Sua cabeça girava. Ela enfiou remédios para malária e anti-inflamatórios na mão dele. O toque das pontas dos dedos parecia ilícito.

A enfermeira ficou de pé ao lado da porta. Depois de poucos minutos, um médico surgiu e a colocou de lado.

— Esse é o meu trabalho — disse bruscamente em inglês. Dirigiu-se a James. — Precisamos de amostras de sangue e de urina suas.

Doutor Abdul Aziz. Não era o Abdul Aziz al Masri, especialista em armas químicas que servia ao conselho consultor da al Qaeda. Era o homem conhecido nos relatórios de inteligência árabes como o iraquiano com metal nos braços que havia voado num jato Tupolev que os sudaneses disponibilizaram em 1996 para transportar o então pobre Osama bin Laden de Cartum para Cabul. Era o médico que foi preso pela inteligência paquistanesa em 1999, que teve seus braços amarrados ao volante de um caminhão e a porta fechada sobre eles, estraçalhando-os abaixo do cotovelo. Aquele que, escapando do Paquistão, submeteu-se a uma série de cirurgias para recuperar a sensibilidade das mãos, trabalhou como pediatra numa policlínica em Riade, aprendeu a segurar uma criança de novo e a escrever receitas médicas. Era o homem que acabou cansando da vida em Riade e viajou até a Somália para prestar cuidados médicos aos pobres. Ele tinha partido e a jihad o havia seguido, ou vice-versa.

A verdade é que, quando Aziz colocou suas mãos calma e suavemente em suas costelas para verificar as fraturas, era possível ver as cicatrizes nos antebraços onde os pinos de metal haviam sido inseridos, como os buracos numa encadernação em espiral.

~⌒⌒⌒⌒

Vendo-a trabalhar na manhã seguinte, ele a beijou ternamente no rosto e foi para o seu quarto.

Deitou-se na cama e leu os jornais, depois baixou um dos programas de televisão de Jacques Cousteau no tablet. Embora ela não tivesse explicado os cálculos exigidos por seu trabalho, ele sentiu que Cousteau não compreendeu bem as águas rasas.

Se ela tivesse tentado explicar a ele seu último texto, poderia ter usado como exemplo a complexidade da matemática necessária para trabalhar com o micromilímetro na superfície da água que se move entre o mar e o céu e que é simultaneamente ambos e algo mais, inteiramente.

Algumas das cicatrizes que pareciam ter sido feitas com furador de papel nos antebraços de Aziz eram cobertas por pelos escuros, outras eram banhadas pela luz que vinha das janelas caiadas. Mas um homem não pode ser reduzido a um único detalhe físico — uma cicatriz, um manquejar, uma vesguice —, a não ser num boletim de ocorrência. Suas calças e o cinto de crocodilo que as prendia causavam uma impressão mais forte. Sugeriam certa ousadia.

As mãos de Aziz eram imaculadas. James deu uma boa olhada nelas quando pousaram no seu nariz quebrado. Os dedos de um pianista: unhas bem cuidadas, dedos longos, finos, diferentes. Era peculiar como os islâmicos eram distinguidos pelo comprimento dos seus dedos, assim como os bigodes costumavam distinguir os maníacos da Alemanha nazista e do Kremlin dos *apparatchiks* de menor importância de pescoço grosso.

Houve um clique e o nariz foi colocado no lugar com o polegar e o indicador. Aziz deu um passo para trás.

— Ficou bem reto.

— Para um infiel — completou James.

Aziz apontou um dedo, mas seu rosto era amigável, nem um pouco pálido ou astuto.

O médico escreveu seus ferimentos num cartaz com o desenho do corpo humano que tinha o nome dos ossos escritos em inglês e somali. Não havia máquina de raios x.

— E o sangue na minha urina?

— Nada sério. Beba muito líquido, senhor Água.

— Meu nome é James More.

Aziz deu uma risadinha.

— More. Que tipo de nome é esse?

— Tem sua história. E o meu pênis?

— Vai sarar. Vou chamá-lo de senhor Água.

— Eu preciso sair daqui. Você pode me ajudar?

— Não — respondeu o médico, sorrindo.

A enfermeira voltou a entrar com passos leves no consultório e deu pontos nos cortes dele sob a orientação de Aziz. Seu véu roçava no rosto dele. Seu hálito era perfumado. Ela era perfumada. Dessa vez, usava luvas de látex. Aziz examinou os pontos, acenou com a cabeça aprovando e a enfermeira saiu pela porta que tinha o aviso que proibia a entrada de armas.

— Minha esposa somali — comentou Aziz. — Não é adequado que ela se aproxime de você, mas isso é medicina. Fazemos o que podemos. Venha se sentar comigo.

Aziz o ajudou a caminhar até a sacada. Estava vazia. Ouvia-se o som de preces da mesquita com neon de sorveteria e o pipocar de um pequeno gerador a diesel.

— Me deram uma caixa com os seus pertences. Vamos ter que vendê-los para pagar o seu tratamento — disse Aziz. — Você está de acordo?

— Eu quero voltar para Nairóbi.

— Se Alá permitir. Abre a boca. Eu me esqueci dos seus dentes.

Aziz lhe deu algo semelhante a um palito de dente. Com alguma orientação, James tirou lascas e estilhaços de dentes de suas gengivas e cuspiu o sangue e os pedaços numa tigela de metal.

Ele passou os dias seguintes numa cama estreita feita de lona. De vez em quando via a silhueta da esposa de Aziz atrás da porta, simplesmente parada ali. Ele raspou a tinta branca das janelas e viu blindados de guerra estacionados na rua e um guarda sentado à sombra de uma mangueira com uma Kalashnikov reluzente com berilo incrustado.

Certa noite Aziz levou um prato de pão e pedaços de carne de cabra e eles dividiram uma refeição.

— Eu sinto muito pelo que aconteceu com o senhor, senhor Água. Muitos dos mujahidins são analfabetos. Deviam proibir o recrutamento de meninos que não sabem ler. Eles precisam estudar o Corão para decidir seus sacrifícios. Também deviam proibir a prática de injetar drogas nos homens-bombas para limitar sua capacidade de raciocínio.

— Fazem isso?

— Eu vi uma vez em Mogadíscio. Fiquei bastante envergonhado. Me disseram que fazem isso no Paquistão. Mas o Paquistão... Não é uma boa prática.

— Por que você está falando comigo?

— O senhor vai embora em breve, de um jeito ou de outro.

— O que você quer dizer com isso?

Aziz apertou sua mão.

— Não vão matar você. Yusuf fez uma promessa.

Foram as palavras mais bondosas ditas a ele durante seu cativeiro.

— Obrigado.

— Não há ninguém para falar com você aqui que seja instruído. Além do mais — a voz de Aziz se tornou um murmúrio —, você não pode confiar nos somalis. Você dá dinheiro a eles para que comprem remédios para a clínica e eles o mandam para a família deles. Você dá créditos telefônicos a eles que são usados para ligar para outros parentes. Nós, estrangeiros, não entendemos como os somalis são tão ligados entre si. A verdadeira religião de um somali é a Somália. Eu digo ao senhor: eles são fracos em todas as questões práticas da jihad. Havia um menino entre aqueles que moram aqui que, sem hesitar, daria a vida pela jihad. Outro dia seu tio veio visitá-lo. O que quer que tenha dito foi pior que a morte ou o inferno para o menino. Num minuto ele largou a arma e foi embora, sem dizer uma palavra a ninguém.

James assentiu com a cabeça. A Somália era irregular. Quase nenhum estrangeiro a visitava e, no entanto, havia somalis no mundo inteiro. Havia internet num bairro, no bairro ao lado as pessoas estavam morrendo de sede. Era possível receber dinheiro através de uma transferência eletrônica, mas não dava para manter o filho vivo.

Em outra noite, Aziz perguntou sobre a água.

— O que você sugere que a gente faça com os poços em Kismayo?

— Foi para descobrir isso que eu vim para cá.

— A água é cara demais para os pobres.

Ele havia se preparado para esse momento em Nairóbi e na escuridão, antes de se tornar o senhor Água.

— A autoridade local tem controle sobre todas as fontes de água?

— O que o senhor quer dizer?

— Vocês precisam expulsar os exploradores de água como for possível. Assim que todos os poços estiverem sob o controle da administração, eles precisam ser marcados num mapa e os detalhes de cada um colocados num registro público.

Aziz puxou um bloco e uma caneta esferográfica e fez anotações em árabe. Era difícil para ele. Segurava a caneta como se fosse uma colher de pau.

— Vocês precisam conhecer a profundidade de cada poço e a qualidade da água. Quanto mais perto estiver do mar, maior a probabilidade de que a água seja salgada. Nos bairros pobres, ela pode estar contaminada pelo esgoto. Vocês precisam saber quantas pessoas estão usando poço. Vocês colocam tudo isso no mapa. Então podem começar a pensar em fixar um preço justo para cada poço.

— E se as pessoas ainda assim não conseguirem pagar?

— Elas deveriam receber a água sem nenhum custo. Vocês vão precisar de um sistema de cartão de racionamento. Em troca da água potável, as famílias construirão drenos e reservatórios para a água de chuva. A autoridade local vai ter que monitorar o suprimento de água e educar as mulheres para economizá-la. Finalmente, vão ter que perfurar poços, proteger as águas de nascentes e construir uma estação de tratamento de esgoto. Posso ajudá-los com tudo isso.

— O senhor já está ajudando — disse Aziz e lhe deu um aperto de mão.

Aziz havia tido três esposas. A primeira era iraquiana; tinha morrido. A segunda trabalhava como médica em Riade. A terceira era a somali. Sua esposa iraquiana pertencia a uma seita muçulmana que preservava elementos pagãos da adoração das estrelas. Ela tinha 15 anos quando se casaram e 18 quando morreu durante o parto. Não houve dúvidas de que Aziz foi sincero nos cuidados pré-natais e pós-natais que forneceu no cortiço de Bari, que se estendia sobre uma das praias. Havia triplicado de tamanho desde que os islâmicos tomaram o controle de Kismayo.

— Num lugar daqueles — falou Aziz — só o ar é de graça. Não há comparação entre a vida lá e a vida em Riade. Não passa um dia sem que um bebê sob meus cuidados morra de alguma doença curável. As pessoas não têm trabalho. Não têm comida suficiente. Não têm escola e isso é algo que queremos corrigir. Três famílias dividem um barraco — continuou. — Existe um pânico constante de incêndios, principalmente em dias quentes. Uma fagulha ao vento basta para botar fogo nos telhados de palha e nas paredes de papelão. As pessoas são queimadas vivas. É pior quando chove. Então a lama se mistura aos detritos das latrinas. Eu acredito — sua voz se elevou — que, com tantas pessoas amontoadas em tais condições, a Somália vá gerar uma peste que poderia se espalhar pelo mundo.

— Cólera?

— Uma nova peste.

— Podiam transformá-la numa arma — falou.

Aziz estendeu o braço e deu um único tapa no rosto dele.

— Eu sou médico.

Seu rosto se encheu de raiva.

— Você se relaciona com assassinos.

Era verdade. Aziz tinha conhecimento clínico e servia a outros e, no entanto, também tinha uma fraqueza por sermões que não podia ouvir direito, por estandartes de batalha, pelo brilho distante das cimitarras. Sua empreitada era a jihad, não a ação humanitária. Sentia falta da família, ele a amava, não era fácil conviver com o segredo de ser um mujahid. Ele era colérico. Tinha acessos de raiva e a divisão dentro dele intensificava o ódio. Muitas de suas frases começavam com "Não vou deixar que os porcos...".

Estavam calmos quando Aziz disse:

— Já existe cólera por aqui.

— Você deveria relatar.

— Aqui. Relatar a quem?

— Às Nações Unidas.

— Nunca.

— Você precisa de ajuda.

Os olhos de Aziz se estreitaram.

— As cruzadas não terminaram.

— O quê?

Ele perguntou "o quê", mas sabia o que viria a seguir.

— As Nações Unidas são um disfarce para os cruzados. As Nações Unidas são os cavaleiros da cruz.

— Até mesmo a UNICEF?

— Especialmente a UNICEF!

Ele observava os furos nos braços do médico, a fivela do cinto.

— Uma organização como essa! Que reivindica tanto para si mesma, mas repassa tão pouco para as crianças? Gostaria de saber o que eu realmente penso?

— Sim.

— Eu acho que as cruzadas são lideradas pelos judeus!

Se essas palavras fossem escritas, elas pareceriam loucas, mas Aziz as falou com sentimento; ele tinha alguma noção de que a jihad era uma cura e a luta era a retirada de um tumor sob condições impróprias.

— É necessário — disse Aziz, mais calmo — expulsar os cruzados e seus escravos da terra muçulmana da Somália para que as pessoas possam viver num verdadeiro Estado islâmico.

Ele estava exausto. Tinha de reagir. Falou com cuidado, as palavras saíram como pedras e seixos.

— É mais importante conseguir ajuda para as mulheres e as crianças que você vê na sua clínica ou seguir a jihad?

— Eu vejo isso como um tratamento. A medicina é uma misericórdia, a jihad é um dever.

— E quanto a mim? Eu sou um cruzado? Eu vim aqui para trazer água.

— Você é parte disso — respondeu Aziz sem hesitar. — Alá vai cobrar um pagamento de você.

— Você disse que eu ia ser poupado.

— La, la, la. Como eu poderia conhecer a vontade de Alá? Você pode morrer. Ou se tornar um abençoado.

Os lígures foram divididos nas Guerras Púnicas entre Cartago e Roma e continuam divididos até hoje. Existem as ruas quentes e úmidas de Spezia, na costa da Ligúria, com sujeira e cabeças de peixe apodrecendo ao sol nas docas; e existem a chuva e o ar revigorante dos Alpes Lígures, com vinhedos, bosques de oliveiras, damascos, figos e nozes nas encostas mais baixas, produção de queijo e caça mais acima, e patos se aninhando nos pequenos lagos gelados das montanhas na estação migratória.

O chalé dela ficava no alto de uma montanha que dava para o mar da Ligúria. Tinha telhado de ardósia. As paredes eram de pedra, toras e musgo recolhidos das encostas. As janelas eram quadradas, com quatro vidraças cada uma. Havia sempre flores nas jardineiras quando ela estava lá. Seu apartamento em South Kensington era do tipo que Peter Pan poderia visitar, enquanto todo o efeito da cabana — as portas e as cornijas entalhadas com rostos e formas de animais, a luz incidindo inclinada, o ar, as nuvens e o mar através da névoa e do granizo, através das árvores — era um cenário onde uma marionete de madeira poderia ter acordado em sua mais resinosa infância.

A montanha tinha duas faces. Um lado era banhado pelo sol, com a encosta coberta de pinheiro-de-alepo e pinheiro-marítimo. O outro era escuro. A neve persistia durante meses; havia prados alpinos, carvalhos e castanheiros e brejos onde veados afundavam até o focinho. Chuviscava com mais frequência desse lado. A casa de fazenda onde ela comprava seus suprimentos ficava encoberta e só podia ser percebida pela fumaça que subia da chaminé. Subindo com um pônei de carga, ela era muitas vezes banhada pelo sol quando atravessavam para o lado voltado para o mar. Em dias como esses ela arrancava sua jaqueta de caça e continuava a subir a trilha pedregosa suando sob o sol, seus passos vagarosos por causa da carga pesada. Criavam perdizes na vegetação rasteira, a poeira tremia e seus passos ressoavam nas rochas expostas mais antigas da terra. Não tinha sido o motivo para comprar a cabana, mas havia se tornado sua atração: sua propriedade nunca havia afundado no mar da Ligúria nem em qualquer outro. Se ela fosse imortal, poderia se sentar na montanha debaixo da lua e das estrelas — o globo de neve — e não molhar seus pés em um milhão de anos.

~~~

Ele entrou no rio e em poucos passos foi coberto pelas águas.

Costumava ir ao Saracen's Head na Church Street com a irmã e as amigas e nunca havia prestado atenção na imagem da placa do pub até ingressar no serviço secreto de inteligência. Tinha sido criado para pensar no deserto como desolação, como ausência. A oração cristã que lhe ensinaram para recitar na hora de ir para a cama, o cheiro de sabonete, as toalhas, as maçanetas de latão, o peso do lar, com a chuva do mar do Norte açoitando as janelas, mostravam que o leite e o mel do paraíso estavam além do deserto.

A infância de Aziz foi como a dele virada do avesso. Sua família era dona de um oásis sob um rochedo perto da fronteira síria. Seguiam de Bagdá para lá num deslumbrante comboio de carros. O rochedo bloqueava o sol. Ficava molhado de orvalho na alvorada. A água era abundante. Trabalhadores cultivavam hortaliças num campo. Torneiras de metal jorravam água em tinas de cimento. Os camelos bebiam água quanto queriam. Os cavalos tinham um local próprio para bebê-la. As tendas eram armadas protegidas do vento, longe dos animais. Quando Aziz era criança e fazia frio à noite, às vezes o faziam dormir do lado de fora, coberto de areia para ficar aquecido.

Ele foi um árabe que cresceu num mundo binário: zero um zero um um deserto cidade deserto cidade cidade. Em Bagdá, bebia uma lata de Coca antes mesmo de ter altura para alcançar o balcão. Assistia a filmes de faroeste. Seu melhor amigo tinha jogos de computador. Um menino do seu time de futebol falava das experiências sexuais com uma empregada. Havia a ditadura, a guerra contra o Irã, a fumaça dos carros nas vias expressas, o modo como o viaduto fazia curvas e travessias. No deserto, só havia os cavalos e os estudos de medicina, que ele continuava na tenda, limpando com a mão a areia que cobria os livros de tempos em tempos. Não se fazia nada ali, exceto couro. Cada ser vivo no deserto lhe parecia precioso, ter um número fixo e existir de tal forma que o fazia se sentir como uma criação. Era um não lugar. Estendia-se pelo Iraque penetrando na Arábia Saudita até Omã. Ele pegava seus cavalos e fazia a travessia; um mar no centro do mundo, com areias incomensuráveis, móveis e ondulantes. Aziz tinha isso em comum com James: se não tivesse noção de dever, teria voltado aos seus cavalos.

As preces no deserto eram diferentes, indescritivelmente mais frias para se adaptar ao calor. A compreensão da grandeza do Corão surgiu para Aziz naquelas noites em que as constelações brilhavam tanto e em tamanha quantidade que só Alá seria capaz de acomodá-las e toda ideologia parecia insignificante ao lado delas.

~⌒⌒◡◠

As colegas de Danny eram ateias ou agnósticas, com exceção da anglicana, que foi atropelada por um carro numa tarde em Fulham Road. Essa colega entrou em coma e sua família pediu que orações fossem lidas à beira de sua cama. Danny estava relutante, mas não era um momento para afirmar seus princípios. Ela apareceu no hospital e lhe deram o cântico "Benedicite Omni Opera" para ler.*
As palavras a perturbaram. Antes de qualquer menção à terra ou ao sol, havia um verso com certeza tirado da Suméria:

Ó Águas acima do Firmamento, abençoem o Senhor: exaltem-
-no e o magnifiquem para sempre.

Sua colega se recuperou completamente. Ela mesma não podia deixar de pensar nas águas atrás das estrelas. Calculava que, se esse mar tivesse a profundidade do nosso sistema solar e as mesmas regras se aplicassem, a pressão atmosférica em sua zona hadal seria tão grande que os peixes de lá não teriam estrutura esquelética e se moveriam como fantasmas.

~⌒⌒◡◠

---

* *Benedicite, aquae omnes, quae super caelos sunt, Domino, benedicat omnis virtutis Domino.*

James desenvolveu uma sensação de tranquilidade com Aziz. O iraquiano o protegia dos mujahidins mais desequilibrados. Eles conversavam sobre os Estados Unidos.

— Você fala de conquista. Qual é a conquista de um shopping?

— Isso é brincadeira de criança — respondeu ele. — Por que sempre os shoppings? Os Estados Unidos colocaram um homem na lua.

— É o que dizem.

— Olhe para vocês. A Arábia Saudita está pronta para uma revolução. Tudo o que as pessoas fazem é ir às compras. Não há mais nada para fazerem. O país está num coma social.

— As majestades se alimentam dessa maneira, é verdade — disse Aziz de modo constrangido e mudou de assunto.

Aziz não tinha ideia de governo e não havia estudado política, filosofia, história ou economia. Era como um protestante simplório que acreditava que, somente com sua fé, sua clínica seria elevada a um serviço de saúde. Thomas More teria estraçalhado a visão de mundo de Aziz num segundo. Não porque fosse a vaidade de um muçulmano, mas porque era distópica. O califado era tão sem inspiração quanto impiedoso, sem nenhuma base no direito consuetudinário.

Aceitava que havia algo errado na civilização ocidental; um inchaço na axila do tamanho de uma maçã. Qualquer pessoa esclarecida podia senti-lo. Era verdade também que tinha visto com os próprios olhos simplicidade e compaixão no mundo muçulmano, como os doentes e velhos eram cuidados dentro da comunidade. Mas ele não ia muito além disso.

Ambos tinham matado. James o havia feito por ordens militares. Isso o absolvia? Aziz havia matado por causa de sua convicção pessoal, levado pela emoção, a afronta. Talvez ele ouvisse a sentença que a al Qaeda queria que fosse executada: "Morte aos inimigos do islã pela bala, por bombas, por álcool, narcóticos, boato, assassinato, estrangulamento, agentes químicos e outros venenos." Aziz tinha conflitos internos. Uma parte sua via James com simpatia e acreditava que ele pudesse se tornar um muçulmano. Outra parte acreditava que havia um espaço no peito do inglês onde o coração deveria estar, que ele não tinha nascido inteiro.

Mentiam um ao outro. Aziz não tinha vindo à Somália por vontade própria. Nas mensagens que mandava à Arábia Saudita, queixava-se da falta de dinheiro e de planejamento e da dificuldade de se comunicar com líderes da al Qaeda no Paquistão. A Somália não tinha a vantagem do Afeganistão, que abrigava combatentes e fornecia ópio ao mundo. Algumas das mensagens também estavam cheias de nostalgia:

Como desejo que nossas noites encantadas no Afeganistão pudessem voltar! O sonho passou e produziu frutos amargos, mas alguns são os frutos do paraíso!

Não haverá mais batalhas abertas na Somália. Os jihadistas aprenderam essa lição quando foram longe demais em 2006. Haviam se postado na fronteira com a Etiópia e declararam uma guerra santa contra o país vizinho e, por isso, foram aniquilados. Os etíopes invadiram a Somália em questão de dias. Tomaram Mogadíscio sem luta e empurraram os jihadistas para o sul em Kismayo. Houve uma breve batalha lá, na qual os jihadistas foram derrotados. Centenas deles recuaram para os manguezais ao longo da fronteira com o Quênia. São locais impenetráveis, com baías tropicais, baixios e canais de maré, sépticos, quentes, com flora e fauna de todo cheiro e cor. Alguns dias se passaram e então o helicóptero armado americano AC-130 veio de Djibuti. Os

MIGs etíopes já haviam feito várias incursões desde Debre Zeyit e interceptaram um comboio de caminhões jihadistas atolados na lama. Mas os etíopes não tinham nada à altura dos armamentos tártaros dos americanos. Sem aviso, a vinte quilômetros de distância, o helicóptero bombardeou o manguezal com cápsulas do tamanho de garrafas de Coca--Cola e estraçalhou, vaporizou e explodiu os santos guerreiros, afastando-os desta vida. Foi necessário apenas um segundo para que as cápsulas enchessem o ar do alvo, que tinha o tamanho de um campo de futebol. Houve poucos sobreviventes. Alguns escaparam para o interior subindo leitos secos de rios — os uadis —, outros entraram a pé ou de barco no Quênia.

Previsivelmente, esses mesmos combatentes retornaram à Somália e construíram uma organização nova e mais radical, com um complexo de martírio mais forte, recapturando o sul da Somália cidade por cidade. Eles desacreditam comerciantes que se opõem a eles e desmantelam seus negócios. Taxam produtos e criações de animais: combustíveis, arroz, massas, a folha narcótica qat, que causa um efeito estimulante quando mastigada, de uso muito comum entre os homens somalis, e todas as barracas de feira, até o peixe nas bancadas.

A lição de 2006 foi levada a sério. Um jihadista deve saber como se esconder na terra e nos pântanos. A Somália é selvagem. É de outro tempo. É possível viver na região agreste com uma arma. Um homem pode recitar suas preces longe de qualquer estrada, experimentando uma sensação de santidade, tornando-se mais resistente. Não é um refúgio seguro — seus frutos são amargos, como foram os do Afeganistão —, mas encerra uma promessa similar de paraíso. É por isso que a Somália serve de alçapão para a Arábia Saudita. Os jovens sauditas são mandados para lá a fim de se esconderem e de aprenderem a lutar. São pessoas marginais — fugindo de si mesmas assim como da polícia —, irmãos mais novos retraídos, que gaguejam, com conflitos internos não resolvidos, a maioria deles sexual.

～

Ela abandonou as baleias bicudas, deixou Spezia para trás, mas manteve a cabana nas montanhas. Completou seu doutorado em Zurique e passou sete anos nas altitudes mórbidas da Suíça. Seu interesse pelas profundezas ficou mais aguçado. Também se tornou mais poético, alimentado por visitas ao arquivo sumério da Universidade de Zurique.

Naqueles anos, ela gostava de pegar um trem para os Alpes com sua bicicleta, escolhendo as plataformas da estação principal de Zurique ao acaso. Ela descobriu que havia alguma verdade na suposição de que, em países sem acesso ao mar, a espionagem toma o lugar da aventura e a polícia assume o lugar dos piratas. Ela seguia pelos vales mais profundos, aqueles que perdiam o sol de inverno no começo da tarde. Percorria os vales de bicicleta e visualizava os dias em que aquelas regiões estariam no fundo de um novo mar. O declive íngreme das encostas se parecia com aqueles da dorsal mesoatlântica. Cachoeiras despencavam de rochedos. Caíam no ar, através do ar. Ela as prefigurava como cascatas submarinas, a água caindo através da água. Ela imaginava as pistas de esqui numa tela de sonar, os chalés iluminados por alfinetadas de luz, as piscinas municipais aquecidas como respiradouros hidrotermais cheios de capachos e tapetes de vida microbiana, e não de turistas de St. Gallen.

～

— Eu vou à Suíça uma vez ao ano — disse a ela na cama no Hotel Atlantic.

Compartilharam memórias do aeroporto de Zurique. Se por algum novo método essas imagens fossem baixadas de suas cabeças, elas seriam correspondentes. Eles tinham sensibilidades semelhantes, e uma forma semelhante de observar o fluxo de pessoas e paisagens e de imaginá-las. Ambos tinham olhado pelas janelas do terminal para as pastagens de gado e para a floresta, para os riachos que correm para o lago Zurique, para o café inferior numa xícara de porcelana branca, para a neve nos Alpes enquanto ao redor deles havia uma movimentação constante de humanos e máquinas, famílias caminhando para seus portões, o trem do aeroporto chegando, os aviões suíços circulando acima, cruzes brancas sobre um fundo vermelho, mas essas imagens haviam se estabelecido de modo diferente em suas mentes.

Ela as guardou como algo familiar; a paisagem que ela via quando era estudante, o sistema em que trabalhava. Ele chegava a Zurique vindo de países mais pobres e se sentia animado. Via pelas janelas uma demonstração de trabalho e eficiência que contrastava com as comunidades muçulmanas que era encarregado de observar.

~⁀⁀⁊

Chegaram à beira do bosque. Queriam chegar até a aldeia.

— Me desculpa — falou ela rapidamente. — Eu não posso entrar.

Ele já tinha posto um pé no bosque. Ele se virou. Ela hesitava.

— Você está se sentindo bem?

Ela olhou para a mata. Os galhos e as samambaias a deixavam enjoada.

— Eu estou ótima — respondeu. — Não, não estou. Acho que vou vomitar.

As árvores cortavam o dia, produzindo estreitos e sombras na neve e polígonos cujos ângulos eram insolúveis.

— Vem para cá — chamou ele, e colocou os braços ao redor dela, conduzindo-a até o campo, para a luz. Fez com que ela baixasse a cabeça e respirasse fundo. Sua recuperação foi instantânea.

— Eu não entendo — disse ela. — Não tenho histórico de claustrofobia. Nem mesmo num submergível.

Eles partiram em outra direção.

— Quando eu era criança — disse ele, enquanto caminhavam no espaço aberto —, nós tínhamos cavalos que se recusavam a saltar. Eles tinham pulado por cima de cercas vivas e sobre valas sem problema, mas subitamente passaram a ter medo de altura.

— Eu sou um cavalo? — perguntou ela, fingindo estar aborrecida.

— Estou dizendo que talvez você tenha medo do escuro.

Kismayo é famosa por seus mágicos e pela brisa refrescante que sopra do oceano Índico à noite. Os grandes viajantes muçulmanos visitaram a cidade, assim como Zheng He e sua frota chinesa. Os portugueses construíram um forte nela, que os omanis capturaram. Os somalis expulsaram os omanis e depois cederam aos italianos.

A cidade entrou em colapso durante a guerra civil e continua se deteriorando. Sua população está crescendo rapidamente em consequência do grande número de pessoas que se deslocam pelo país. Metade de sua população tem menos de 18 anos. Existem poucas escolas. Quase nenhum emprego.

O porto não tem mais nenhum armazém. Os navios de pesca de atum taiwaneses se foram, expulsos pelos piratas. Mas os barcos ainda trazem diesel, cimento e caixotes de balas e ainda levam peixe, bananas, mangas, esteiras de coqueiro e animais, sempre animais. É um cenário peculiar à noite. Águas negras lambem o cais, onde ardem lanternas e fogueiras. É barulhento e ondula com os rebanhos. Os animais são levados até o porto ao crepúsculo, de seus pastos nas bordas da cidade. Os camelos são amarrados de três em três por cordas e içados para o interior dos navios. É digno de nota como os estivadores sussurram versos religiosos em suas orelhas para acalmá-los antes de serem levantados.

<p style="text-align: center;">~~~⌒⌒</p>

Permitiram que caminhasse com eles pela cidade certa noite para testemunhar uma ceia preparada para as pessoas que dormem ao relento no porto. Foi acompanhado por vários homens. Mandaram-no esconder o rosto. Ele se sentia mais forte. Via as coisas com mais clareza. Era maravilhoso seguir em frente, como se pudesse atravessar os muros. Passaram por edifícios destruídos e outros inacabados. Olhou para uma estrutura e, por sua aparência, soube que era ali que havia estado preso.

Um grupo de meninos jogava futebol de mesa numa esquina. Eles largaram as varetas e ficaram em silêncio enquanto os combatentes passavam. Havia barraquinhas iluminadas por velas em que mulheres liam a sorte e decoravam mãos e pulsos com hena. Havia um salão de cabeleireiro chamado Le Chinoise com uma única lâmpada elétrica. Uma mulher de véu passou por ele numa rua estreita. Os olhos dela brilharam. Eles dobraram uma esquina e sentiram o cheiro opressivo do mercado de peixes e ouviram as vozes estridentes de mulheres vendendo o restante da pescaria do dia. Garotas reviravam uma montanha de lixo. Mulheres mais velhas estavam sentadas junto a uma parede mais à frente, sem véu, ainda usando suas máscaras faciais do dia: vermelha de abacate para proteger das espinhas, amarela de sândalo para proteger do sol. Havia tantas mulheres no mundo. No cativeiro só havia a esposa somali de Aziz, que colocou a mão nas suas costelas quebradas. Num beco escuro, eles o mandaram se ajoelhar e olhar para o outro lado enquanto urinavam num muro feito de coral. Havia um cheiro azedo de mijo. O beco era um mictório. Uma nuvem de mosquitos se levantou.

Caminharam até a praia. Morcegos frutívoros caíam das palmeiras e saíam voando até tocarem o mar, enquanto outros morcegos cercavam um minarete tão grande e indecente quanto cachorros. Era o minarete em que o último católico de Kismayo subiu com seu trompete para protestar contra a intolerância do regime islâmico. Era um velho senhor, convincente, seguro de si, que havia tocado na banda da cidade durante o período italiano. A banda vestia um uniforme verde com dragonas douradas e tocava um repertório de marchas militares do regimento alpino italiano, hinos, polcas do Tirol e números de dança da época. Mas, quando o católico subiu ao minarete com o seu trompete, ele estava a fim de tocar jazz. Infelizmente, não houve tempo. Já estavam atrás dele, subindo correndo a escadaria estreita, e então, de forma impulsiva, ele começou a recitar no alto-falante um ave-maria para toda aquela área da cidade ouvir, as palavras retinindo nos ouvidos dos fiéis até que se ouviu um grunhido, que foi o velho senhor levando uma pancada de um tijolo na cabeça. Eles o arrastaram escada abaixo. Foi surrado quase até morrer. Para salvar sua vida, a família declarou que ele estava louco e o despachou para o Quênia.

Mantinham uma arma apontada para ele. Não falavam inglês ou árabe. Era desconcertante. Seus rostos estavam cobertos e não lhe era possível interpretar sua linguagem corporal. Caminharam ao longo da praia até o porto e isso também o deixou preocupado. Era um homem forte, mas aquela encenação de execução o havia traumatizado. Tirou as sandálias e sentiu a areia quente entre os dedos dos pés. Os combatentes teriam caminhado descalços mesmo no meio do dia. Eles não tinham mais nervos nos pés. O vento soprava e formava redemoinhos de areia em vários lugares. À beira d'água havia enguias se contorcendo e se alimentando de atuns abatidos e de caranguejos de muitos tamanhos e formatos de carapaça correndo de lado para suas tocas.

O porto estava lotado. Havia dois barcos atracados. Bodes sujos eram jogados dentro deles. Baliam no ar e pousavam no convés com bastante firmeza. Eram destinados a Meca, para serem abatidos pelos peregrinos.

Os famintos estavam por toda parte, apertados entre os animais, mais fracos que eles, mais entorpecidos que eles. Eles vieram se arrastando do país morto. Não havia mais nenhum lugar aonde pudessem ir. Alguns dormiam debaixo dos caminhões, ou ao longo do muro feito de coral. Suas bocas estavam cheias de poeira. As bochechas eram encavadas; alguns rostos eram tão estreitos que se assemelhavam ao de um roedor. Várias centenas deles estavam no jardim cheio de mato de uma mansão abandonada, à espera de uma refeição. Outros combatentes já estavam lá, com porretes, forçando-os a formar uma fila. A comida era cozida num caldeirão sobre uma fogueira. Um cachorro de rua se aproximou e fez xixi na poeira e depois voltou para o mato. Algumas pessoas desmaiavam antes de chegarem à comida e não havia quem as levantasse. Os morcegos circulavam, voando baixo. Tinham barrigas peludas e olhos que pareciam contas. Seus dentes eram afiados, justapostos e entrelaçados.

Estava demorando um pouco. Ele não conseguia ver o motivo. Uma pedra foi jogada. Pertences foram jogados ao ar. Um bebê foi pisoteado e depois salvo. O homem que jogou a pedra foi identificado e executado com um tiro na boca e então só se ouviu o ruído da comida sendo servida e das mãos raspando as tigelas.

~⌒⌒⌒

O assoalho de madeira da sala de bilhar estava coberto de serragem. Uma fornalha emitia ondas espessas de calor, como na sala de espera da estação ferroviária em La Roche. As mesas de baralho não envernizadas eram forradas de couro. Luzes baixas pendiam do teto, iluminando as mesas de bilhar. Ele rolou as bolas através do feltro. As lustrosas bolas vermelhas e brancas se chocaram e a perfeição de suas cores se assemelhava ao som da batida.

O aposento tinha cheiro de uma casa de campo na cidade e de um sanatório... suíço. Em pequenos pedestais ao redor da sala havia bustos de mármore de figuras históricas. Ele foi até onde ela estava sentada, debaixo da cabeça de Garibaldi. Sentiam frio depois da caminhada e estavam virados para a fornalha. Doces e chocolate quente foram trazidos para a mesa ao lado. Era de tarde. Eles jogaram gamão.

— Eu tenho lido sobre o oceano — comentou ele. — É verdade que cada terceira respiração que damos vem do oxigênio armazenado no mar?

— Eu não confiaria nessa informação. Parece algo que um jornalista escreveria. Embora — e jogou os dados — ela se refira a algo bem maior.

— O quê?

— Estamos entrando numa era em que tudo será quantificado. O que achávamos que era abundante vamos ver que é limitado.

— Os montes submarinos?

— Estou falando do mundo e de tudo o que existe nele.

— E o ar limpo? Vamos quantificar isso?

— É claro. O oxigênio será uma reserva definida. Terá que ser administrado, como administramos a água, os minerais e os combustíveis.

— O grande aqualung no céu.

Ela olhou para o tabuleiro e sorriu.

— Você está bloqueado.

— Eu só preciso de um seis.

Um três.

— Em Ruanda — continuou ele, falando como o engenheiro hidráulico e como si mesmo —, usavam cães de caça que rastreavam e matavam servais. Príncipes que moravam em cabanas de capim altas o suficiente para um homem ficar de pé dentro delas vestiam as peles. A divisão de vime dentro da cabana era uma espiral que seguia para o interior mais ou menos assim. — Ele dançou com a ponta dos dedos sobre a mesa. — A concha de um caramujo, e a única luz vinha de um buraco no teto. O cheiro era brutal; bosta, sangue de vaca. Acabava-se numa cama de capim no centro erguida acima dos ratos e das cobras, e havia uma adolescente de joelhos esperando que o príncipe entrasse, uma garota diferente a cada noite.

— O que você quer dizer com isso?

— Eu quero dizer que o príncipe e a garota pertenciam a uma terra de abundância. Havia o suficiente então, enquanto hoje toda a encosta de Ruanda está coberta de plantações. Os servais e os cães de caça desapareceram, da mesma forma que as cabanas de capim. Quase toda a floresta foi derrubada e os responsáveis pelo genocídio e suas vítimas não têm onde se esconder uns dos outros. Em alguns lugares os poços estão secando, em outros a terra é arrastada por torrentes. Ruanda tem que se desenvolver agora ou se defrontará com outro genocídio. É quantificado.

— Muito, mesmo — disse ela.

Ele não conseguia tirar o seis de que precisava para colocar sua peça final de volta ao jogo. Ela o estava superando.

Conversaram ao longo de várias outras partidas. Lá pelo fim, ela falou do futuro. Mas, quando ele falou da ajuda perdida à África — como o dinheiro doado por instituições de caridade era desperdiçado —, o interesse dela oscilou, então voltou a se concentrar no jogo.

Ele rastreava movimentos minúsculos de pessoas pequenas. Hoje aqui, ainda lá amanhã. Comia sanduíches na cantina, presidia teleconferências, deixava o escritório antes da hora do rush. Se tivesse permissão para contar a ela sobre a parte explosiva do seu trabalho, sabia que não encontraria as palavras. Não seria capaz de descrever para ela a carga de adrenalina provocada pelo ato de levantar e mirar uma arma. Ele a deixaria apenas com uma descrição do ruído que uma arma de fogo faz quando é disparada e o cheiro de cordite que persiste.

Havia derrotismo na conversa deles, em grande parte por causa de Malthus, ele decidiu, e não levaram em conta os avanços da humanidade. Entre os bustos da sala, os únicos ingleses eram Isaac Newton e John Milton. Olhou para Milton — impassível, sem ver — e versos surgiram. O maior privilégio da educação, pensou ele, era renovar e esclarecer sua mente através da percepção de outras pessoas. E Milton tinha ido além desse papel. Secretário de Línguas Estrangeiras para a República, um livre pensador que ficava à direita de Oliver Cromwell, enquanto os *levellers* e os *ranters* ficavam à esquerda: "Deem-me a liberdade de saber, de expressar e de discutir livremente conforme minha consciência, acima de todas as outras liberdades."

Ele pensou em como, em *Paraíso perdido*, o arcanjo Rafael se sentou no Paraíso com Adão e Eva, não na forma de névoa, mas de uma criatura faminta que precisava comer. Falou em voz alta as últimas linhas do Livro XII.

— Diga de novo — pediu ela. Gostava do som da sua voz.

— "Algumas lágrimas naturais eles derramaram, mas logo as enxugaram" — começou. — "O mundo estava todo à sua frente, para escolher Seu lugar de repouso, e a Providência seu guia; De mãos dadas com passos vacilantes e lentos, Através do Éden iniciaram seu caminho solitário."

Ela havia sofrido a divisão no sistema educacional inglês, que defende que cientistas não estudam Milton e aqueles que amam Milton não têm nenhuma compreensão da gravidade de Newton, o que trouxe Lúcifer caindo do céu. Mas ela havia se recuperado para se tornar uma leitora voraz.

Jogaram bilhar. Os tacos estavam empilhados ao lado de uma pia de pedra, onde antigamente os jogadores de bilhar deviam lavar as mãos e o rosto. O vazio do aposento e o eco de seus passos no assoalho de madeira davam ao jogo uma sensação ligeiramente misteriosa. Nenhum dos dois conhecia as regras. Eles as inventaram. Ela se curvou sobre a mesa.

— Que merda — exclamou ela. — Eu sou péssima. Esse taco não é maior que um taco de sinuca?

— Vem para esse lado — sugeriu ele.

Ele se aproximou por trás dela, envolveu-a e começou de novo. Ela era uma flor prestes a se abrir. Ele tocou nos braços e nas mãos dela. Recuaram o taco e atingiram juntos a bola branca, que bateu na vermelha, e para ela o beijo dele era mais que as bolas se chocando; ele tocava sua vida, ela tocava a dele, suas vidas tão independentes e distantes uma da outra.

～⌒⌒

Existe um antílope anão no leste da África chamado caxine. São mais fáceis de matar a distância que de pegar. Em seus relatórios de inteligência, ele chamava a luta contra os jihadistas na Somália de "a guerra caxine".

Mas os jihadistas eram mais como ervas daninhas, na verdade, pensou. Se os deixar sozinhos, eles crescem e criam raízes. Se os cortar, eles voltam mais fortes. Então a estratégia empregada na guerra caxine não era nenhum tipo de estratégia, apenas uma periódica pulverização do ar.

⌇

Um pássaro voou para dentro do consultório no mesmo dia em que uma menina foi morta a pedradas na praça. Entrou com as asas dobradas procurando se aninhar e perdido, batendo em paredes e janelas. Ele gritou quando o pássaro se chocou nele e os guardas entraram. Eles torceram o pescoço da ave e bateram nele. Ela caiu morta no chão. Suas garras pareciam penas de caneta molhadas na tinta. Não era uma ave canora. Foi também o que o clérigo declarou sobre a menina que foi apedrejada até a morte na praça da cidade:

— Ela não é nenhum rouxinol.

Cavaram um poço e a enterraram nele até o pescoço. O clérigo disse que estava seguindo as instruções de Alá.

— Eu não vou! — gritou a menina. — Não me matem! Não me matem!

Eles a amordaçaram, enfiaram um saco em sua cabeça e um véu sobre o saco, fazendo o mundo desaparecer. Jogaram perfume no tecido. Suas águas escorreram numa velocidade impossível, ela sentia ânsia de vômito e sua audição deve ter ficado mais aguçada, e assim, logo que as preces terminaram, é possível que tenha ouvido os homens caminhando pela praça — cinquenta ao todo, catando pedras — e uma multidão de centenas observando, tagarelando, uivando. Tinha 14 anos. É possível que ela tenha ouvido os homens se reunindo atrás de uma linha traçada na areia e como cada um deles deixou suas pedras caírem aos seus pés para em seguida as empilhar. É possível que ela tenha ouvido a multidão prender a respiração quando os homens pegaram as pedras e, ao ouvirem a ordem, as atiraram na sua cabeça. Eles fizeram um péssimo trabalho, com seus braços compridos e magros, sem coordenação até mesmo na pontaria. Tantas pedras erraram o alvo. E, se era impossível para a menina ser salva, se não havia um jeito de voltar no tempo, então o único serviço que podiam prestar a ela era substituir aqueles homens por outros que escolheriam cada pedra cuidadosamente e atirariam com pontaria certeira, dizendo a si mesmos que, quanto mais precisa fosse a pedrada, mais misericordiosa seria a sentença. Isso teria acabado com tudo. Aqueles homens inúteis só conseguiram uma pedrada bem-sucedida no rosto, que quebrou os dentes da frente da menina. Eles receberam ordens de pegar suas pedras e se aproximar mais. A multidão se levantou com raiva e os parentes da menina gritaram. Um menino correu através da praça. Era um dos primos dela. Eles cresceram na mesma casa. Quase chegou perto o bastante para tocá-la, mas foi morto com um tiro pouco antes. Os homens atiraram mais pedras. Algumas acertaram. Enfermeiras foram chamadas. A menina foi retirada do poço. Foi examinada e verificaram que ainda estava viva, por isso a colocaram de volta no buraco, enfiaram a areia e o cascalho ao redor dela e o apedrejamento continuou. A multidão ficou em silêncio. A menina foi retirada do poço mais uma vez e declarada morta. Seu corpo foi deitado sob o sol, no mundo. As enfermeiras a protegeram dos homens que a haviam apedrejado. Limparam o sangue e os fragmentos de seu rosto e peito com um pano molhado e a lavaram para o enterro. Rezaram sobre ela. Foi enterrada debaixo de uma figueira perto de onde os meninos jogavam futebol de mesa. Seus pés apontavam para o oceano, sua cabeça para a praça. Tinha sido sentenciada por adultério, depois de relatar às autoridades religiosas que havia sofrido um estupro coletivo.

Uma cena bíblica — não, uma cena corânica: os clérigos, os homens de pé atrás das pilhas de pedras, as exclamações, as estranhas árvores projetando suas formas, a poeira em si, as pedras sendo lançadas e errando o alvo. Era antigo mas também novo. O sermão a seguir foi transmitido por alto--falantes pela cidade. Ele tinha se livrado do pássaro e ouviu. Arame farpado foi estendido através da praça, a arma de um dos blindados estava apontada para a multidão. Havia uma câmera gravando para um site. Eles baixaram o vídeo num telefone e o forçaram a ver. Não importa quantas vezes fosse acelerado ou colocado mais lento, não importam os cortes e os closes, não havia como corrigir o que tinha acontecido: era uma injustiça que nunca poderia ser reparada. Se fosse pausado, pensou, as pedras não iriam parar no ar. Se a tecla de mudo fosse apertada, o som continuaria.

～⁀

Quando terminaram de alimentar as pessoas no porto, ele atravessou a praça da cidade com os combatentes. A lua tinha sumido. A praça estava escura. O buraco ainda estava lá. Um dos combatentes apontou para ele. Estava preenchido com uma terra mais escura. Uma cicatriz.

～⁀

Ele desmaiou numa tarde no consultório, envolto naquele ambiente branco, e viu Yusuf al Afghani num uadi no deserto somali. Nuvens passavam acima. Os braços de Yusuf estavam enfiados até os cotovelos num vaso de espermacete. A cena mudou e Yusuf estava no convés de um navio, um capitão do mar, um bandoleiro, o navio parado, as velas pendendo flácidas, o momento precedia uma tempestade tropical, todo o ar tinha sido sugado. Depois o navio havia desaparecido, afundado, e Yusuf estava debaixo de uma palmeira e ele viu as mãos negras e lisas entrando no espermacete. Deviam estar lá no jarro branco, não podiam desaparecer, mas como era possível saber?

O que Yusuf estava fazendo? Iria se untar com uma marca de óleo de espermacete na testa, uma bênção numa coroação, ou levaria punhados do óleo à boca para comê-lo mal precisando mastigar, como miolo de vitela? Observou e reconheceu outra imagem, o anjo ferido do pintor finlandês Hugo Simberg, carregado por dois meninos, uma pintura que ele tinha visto quando jovem num verão em Helsinki há muito tempo e que havia mudado para sempre sua maneira de ver o mundo.

Era algo que o enternecia, visualmente. Havia John More engolido por um cachalote na costa da Patagônia, Yusuf com os antebraços enfiados num vaso de espermacete e havia o anjo de Simberg, e ele não podia ver a conexão exceto pela brancura das janelas no consultório, do vaso, de John More salvo da barriga da baleia, da brancura da bandagem do anjo e do ferimento debaixo dela; e havia o rosto do menino na pintura de Simberg, que olhava para ele ao passar, um rosto que poderia ser o seu próprio.

⌣⌐

Caminhou sozinha pela praia na manhã seguinte. Ela o havia deixado dormindo em sua cama — na cama deles, talvez — e sentia a necessidade de ser tocada pelo vento, de ver o Atlântico, sentir seu ritmo, a maneira como a água encontrava a terra e era contida por ela. Fazia mais frio do que quando havia nadado e o vento batia em suas costas e parecia carregá-la ao longo da praia.

O farol era branco com uma faixa preta e uma faixa laranja ao redor da fonte de luz. Tinha sido construído além da arrebentação, na parte mais alta de um recife. As fendas sujas do recife estavam infestadas de moluscos, e suas paredes íngremes cobertas de algas marinhas brilhantes pareciam a palma de uma mão estendida da França, resistindo às tempestades.

A porta do farol ficava bem acima do recife, alcançada por degraus cobertos de lodo, e a luz com frequência era obscurecida pela névoa. Como foi construído? Primeiro, ergueram um tambor de ferro sobre estacas. Os homens trabalhavam no farol quando o tempo estava bom e se abrigavam no tambor durante tempestades e à noite entoavam canções e tocavam acordeão nos ecos da terrível umidade. Depois de vários anos, as janelas do farol foram colocadas e seladas e os trabalhadores remaram de volta à praia, deixando um feixe de luz girando pela baía e em direção ao mar.

Ela podia ver as rochas denteadas mais adiante mar adentro nas quais muitos navios tinham naufragado. Os marinheiros, temendo se afogar tão perto da costa, devem ter clamado por uma faixa de terra estéril — giesta, tojo, o que fosse — em seu pavor.

As ondas eram agitadas, espessas, quebrando diante do farol. Não havia surfistas. Ela sabia como era fundo lá no horizonte. Conhecia essas outras linguagens que envolviam números e sonar. Ela viu a profundidade que estava na beira da França e isso fazia a praia abaixo parecer um parapeito sobre um penhasco.

Quando se virou e começou a caminhar de volta para o Hotel Atlantic, o vento quase a derrubou. Era como esquiar na Escócia em seus dias de universitária, quando o vento chegava com tanta força que, mesmo descendo de esqui, ela mal se mexia.

A maior tacada de golfe registrada foi dada na lua. O homem ainda precisa voltar à depressão Challenger. A lição disso é que é mais fácil para o ser humano se lançar para fora do que explorar o interior. O vento que o leva embora como uma pipa vai soprar nas suas costas se você se virar para enfrentá-lo. Imagine como a área da superfície de um balão cresce quando o ar é soprado dentro dele. Quando colocamos para fora, criamos novas fronteiras que poderíamos povoar. Quando tiramos o ar de um balão, ele esvazia e fica enrugado.

Há milhões e milhões de anos nós vivíamos no oceano. Quando emergimos, tivemos de viver em duas dimensões, em vez de três. Isso foi penoso no início. Sem alto nem baixo. Aprendemos a nos arrastar sem pernas, depois com elas, cada vez mais rápido, e ainda mais rápido, de qualquer jeito. A falta de uma terceira dimensão é uma explicação para nossa necessidade de seguir para além do horizonte. Outra explicação é que fomos elevados de uma vida quimiossintética no oceano profundo para nos tornarmos uma vida fotossintética acima dele. Tendo ascendido da noite eterna, não podemos evitar seguir em direção à luz. Somos mariposas no transe do sol e das estrelas, distribuindo escuridão. Esse é o nosso instinto, mas nossa natureza consciente é também sermos atraídos para o desconhecido. Queremos saber o que está por trás da madeira, saber como é o próximo vale e o vale mais além. Queremos saber o que existe no céu e o que existe além do céu. Essas têm sido nossas obsessões desde o início, mas a curiosidade não se estende ao oceano. Esquecemos que existe tanta escuridão no nosso mundo e que estar numa praia é uma sorte. Conhecemos as marés, porque elas cobrem as orlas dos nossos países e enchem as bocas dos nossos rios e enchem nossas redes de pesca, mas a conexão com o oceano foi perdida. Se ele chega a ser descrito, é como um túmulo ou um esconderijo. Mesmo Tennyson precisou do Kraken para abater imensos vermes marinhos em seu sono até que os últimos fogos aqueceram as profundezas. *Moby Dick* é o maior romance de língua inglesa sobre o mar. Não tem a ver com o oceano. Só no fim do livro existe uma sensação de se estar afundando e do que está abaixo, quando o *Pequod* gira num redemoinho e uma mortalha fatal de água o encobre e acalma, agitada como já fazia havia cinco mil anos. Você pode ter lido *Vinte mil léguas submarinas*. A distância no título se refere à jornada sobre o mar, não dentro dele. Se leu o livro ainda criança, deve ter sido uma história de aventura. Já como leitor adulto, estaria mais interessado no passado do capitão Nemo como indiano amargurado pela Revolta dos Cipaios. De qualquer forma, não há nada de oceanografia a ser aprendido no livro. Nemo pilota o *Náutilus* em águas profundas, mas Jules Verne torna a profundeza hospitaleira! Não existe o peso das atmosferas, nenhuma pressão ameaçadora, nem uma noite eterna. Quando Nemo leva o professor Aronnax num passeio até a submersa Atlântida, Verne pede ao leitor que imagine uma encosta coberta de florestas nas montanhas Harz, na Alemanha, só que debaixo d'água.

Um submarino nuclear é uma máquina de matar, um destruidor de mundos e, no entanto, é frágil. Implode quando desce além da sua profundidade. Em 1963, o submarino dos Estados Unidos *Thresher* explodiu com tamanha violência que partes dele foram espalhadas por uma área de vários quilômetros. Não há comparação entre a tecnologia de um submarino que se locomove na horizontal com a de um submergível simples que vai às águas profundas. Isso porque nosso mundo se preocupa primeiro com o poder e depois com o conhecimento.

Não é uma surpresa que a maioria dos avanços da tecnologia submergível tenha surgido de projetos militares secretos. A Marinha dos Estados Unidos desenvolveu seus próprios submergíveis para ajudar seus próprios submarinos e localizar e recuperar fragmentos de submarinos soviéticos afundados. Um míssil soviético, caso recuperado, valeria anos de espionagem em terra. Um desses submergíveis se chamava *Deep View*. Tinha a frente de vidro e mergulhava no mar de Okhotsk. Depois veio o *nr-1*. Era movido por um pequeno reator nuclear e capaz de passar semanas submerso. O diretor do Programa Naval de Propulsão Nuclear escolheu a dedo sua tripulação de dois cientistas e dez marinheiros. Foi o *nr-1* que recuperou um sextante de ouro dos destroços de um submarino soviético, por meio do qual o navegador pôde calcular a posição do submarino pelas estrelas.

A depressão Challenger, na fossa das Marianas, foi batizada em homenagem ao navio de Sua Majestade *Challenger*, uma embarcação da Marinha Real cuja viagem de 1872 a 1875 foi a primeira e a maior expedição oceanográfica da história. A missão do *Challenger* era sondar os mares remotos e buscar novas formas de vida. Foi um trabalho árduo e tedioso, mas dezenas de milhares de novas espécies foram descobertas. Às vezes uma centena de criaturas nunca antes vistas era trazida por uma única rede e depois nada durante dias a não ser os peixes mais comuns e ossos de baleias adornados com nódulos de metal. No entanto, hoje sabemos que o limo que cobria o fundo da rede cada vez que era puxada não era o limo comum que o cientista do navio acreditava que fosse. Nem era muco de baleia. Era tudo o que havia restado das formas mais extraordinárias de milhões de ascídias, salpas e águas-vivas, cuja musculatura diáfana — mais notáveis que quaisquer espécies estranhas já concebidas — tinha perdido sua forma no ar.

Avançar para o interior é difícil; para baixo, ainda mais; desafia nosso sentido de quem somos e de onde viemos. É por isso que, embora sejamos inundados pelas águas do mar, os avanços das agências oceanográficas não se igualam aos das agências espaciais.

Ele tinha rastreado a família de um importante comandante da al Qaeda na África até uma ilha próxima de Madagascar. A mãe do terrorista vivia numa região nas encostas de um vulcão acima da capital da ilha. Era uma caminhada íngreme desde a cidade. O ar ficou rarefeito, houve chuva de granizo. O maciço se erguia lividamente acima dos barracos. Rios de lava cheios de fumaça desciam pela encosta e jatos de lava iluminavam a noite.

O terrorista estava quase no topo da lista dos mais procurados do FBI. Havia um prêmio de cinco milhões de dólares por sua cabeça. Ele era evasivo: o *New York Times* o deu como morto no dia do Discurso do Estado da União. O míssil nem chegou perto. Ele se deslocou entre a Somália e o Quênia a pé, em burros, de caminhão ou de barco. Segundo o FBI, ele era um fabricante de bombas, especialista em guerrilha urbana, hacker, falsificador e um mestre em disfarces que falava muitas línguas. A agência não podia aceitar que era fácil comprar uma nova identidade no Quênia e andar para lá e para cá pela costa suaíli e que várias línguas fossem faladas lá. Sua informação indicava que o terrorista estava apavorado em fuga. Julgava o homem um caçador sem treinamento que feriu um animal e não sabia o que fazer. Ele sabia que estava escondido na Somália, em quartos onde a televisão ficava ligada o dia inteiro, moldando-o em novas e inesperadas maneiras.

A vizinhança da mãe era cheia de música e entremeada por árvores de aparência jurássica. Cinza vulcânica caía sobre seus telhados de ferro corrugado, a lava passava ao redor das casas. As pessoas eram de uma raça crioula particular daquela ilha, descendentes de escravos fugidos e piratas que aportaram na região. Ela cuidava de um quiosque a poucos passos da rua. Era o tipo de barraco aonde as pessoas iam todo dia comprar seu leite, seus tomates e outras coisas. Ela se sentava num banquinho do lado de fora, observando os transeuntes. Usava um vestido azul e brincos em formato de lua crescente. Não usava véu. Parecia prestes a depenar um ganso, as mãos apoiadas nos joelhos, as pernas bem afastadas. Ele subiu os degraus e pediu uma bebida. Ela soube imediatamente por que ele estava lá. Ele a seguiu para dentro do barraco. Ela pegou uma garrafa de Coca de um balde de água gelada e abriu para ele.

— Eu não vou entregar nada a você — disse ela, recusando-se a encará-lo no olho. — Pagamos pela educação dele e não recebemos nem um centavo. E ele sequer apareceu para o enterro do pai.

Ela ficou bastante incomodada por ter sido encontrada. Ele não conseguia lembrar se a voz dela tinha soado grosseira ou não, apenas que havia lhe parecido uma personagem de um conto de fadas — uma camponesa numa floresta —, não alguém num barraco na encosta de um vulcão tropical.

Ele tinha ziguezagueado pela cidade, espantando mariposas grandes que roçavam no seu rosto e havia tropeçado num pátio onde velhos jogavam dominó numa mesa de madeira debaixo de um oscilante poste de luz. A capital tinha sido construída de costas para o mar. Não havia praias. Os colonos que escaparam tinham escolhido encarar o vulcão que, mais cedo ou mais tarde, selaria o destino deles. Quase não havia animais na ilha. Os mangustos tinham matado as cobras, as pessoas haviam matado os mangustos. Os ilhéus eram dominados por superstições. Havia uma mesquita milagrosa que se construíra sozinha numa noite e um lago formado numa cratera que atendia a desejos, no qual uma expedição de mergulhadores belgas havia descido e nunca tinha voltado à tona. Havia bruxas em cada aldeia pagas para fazer feitiços: por um pedido de visto para a França bem-sucedido, por exemplo. Era um exemplo extremo de isolamento, sem nenhuma referência ao oceano que rodeava a ilha. Era como se o resto do mundo não existisse.

No dia seguinte, ele lembrou, cinza quente tinha caído na cidade e no mar. Aparentemente, isso era normalíssimo. Era difícil respirar e o asfalto nas estradas borbulhava. Encontrou-se com a irmã do terrorista num café em frente a um clube de tênis chamado Roland Garros, que tinha belas quadras de saibro vermelho. Seu nome era Monique. Ela foi mais receptiva.

— Eu não quero dinheiro nem nada — disse. — Pode me pagar o café da manhã se quiser.

Era cabeleireira. Usava minissaia e óculos escuros com diamantes de plástico colados na haste.

— O problema do meu irmão é que ele é muito tímido. Pelo menos era — corrigiu-se. — Não o vejo há anos.

O vulcão ainda roncava debaixo da cidade. A manhã estava lânguida. Ela acendeu um cigarro e tragou. O magma, o tempo, ele mesmo; tudo parecia parado.

— Ele era o melhor aluno da turma. Por algum motivo os franceses não deram uma bolsa de estudos para ele. Foi assim que acabou no Paquistão. Se a França o tivesse apoiado, ele provavelmente seria um professor de matemática hoje. — Ela bebericou seu café. — Ele gostava de matemática. Essa palavra terrorista, eu não gosto dela. Meu irmão só luta para sustentar a família. O resto é inventado.

— Sua mãe falou que não tem recebido dinheiro nenhum dele.

— Não escuta uma palavra do que ela diz. Aposto que ela estava usando os brincos que ele mandou para ela.

— Luas crescentes?

— Isso mesmo. Ele manda dinheiro todo mês. A mulher e os filhos moram comigo. Ela recebe transferências em dinheiro também. Somos uma família unida.

Ela tinha baixado a guarda. Falou até em que escritório financeiro a esposa do terrorista recebia as transferências.

— Seu irmão chegou a voltar à ilha? — perguntou ele.

— É claro que não! A polícia o pegaria na hora. Ele partiu para sempre. É um homem importante agora.

— Você se sente constrangida ao falar dele? Ele matou um monte de gente inocente.

Ela deu de ombros.

— Por que eu me sentiria constrangida? Ele tem a sua causa. Quer ajudar os palestinos. Quem mais está lutando por eles?

— Você disse que ele estava lutando pela família.

— Ora, fala sério.

O noticiário francês passava numa televisão. Ele pediu outro café e um doce. Era inverno na França. Havia tempestades de neve em Auvergne. Apareceram imagens de uma pista de esqui, de neve caindo numa estrada e de ovelhas aconchegadas num muro.

— Muita neve na França esse ano — comentou ela.

Quando saíram do café, havia soldados na rua. Eram do exército nacional, mas pareciam paraquedistas franceses, com fardas de serviço enfiadas nas botas, metralhadoras de cano curto penduradas às costas, e alguns usavam óculos escuros espelhados. Não havia empregos na ilha. Os golpes eram periódicos. Outro já estava se armando.

— Você foi muito gentil — disse ele. — Eu poderia pedir mais um favor?

— Claro.

— Preciso cortar o cabelo. Você acha que poderia fazer isso?

— Eu nunca cortei cabelos dourados!

Eles pegaram um táxi comunitário para atravessar a cidade. Foram apertados no banco de trás com outra mulher. Sua bunda chegava a encostar nas delas. Elas não pareceram ligar. Eram muçulmanas, mas não tão religiosas. Monique pousou a mão distraidamente no joelho dele. Olharam para ele, ele olhou para o outro lado. As mulheres tinham direitos na ilha. Podiam votar, podiam dirigir. A maior esperança era um grande casamento, que compraria o ingresso para a aristocracia da ilha.

Se o terrorista não tivesse ido para a França, se tivesse economizado e feito um grande casamento, se tivesse sido professor de matemática, se tivesse investido no salão de Monique, se, se, ele nunca teria explodido a embaixada dos Estados Unidos em Nairóbi numa operação que a al Qaeda chamou de Caaba, que matou duzentas e doze pessoas e feriu outras quatro mil.

Aziz fazia uma consulta na favela de Bari quando os combatentes invadiram o consultório e levaram James. O saudita com o espaço entre os dentes, Saif, o Leão, ordenou que se vestisse.

Ele foi empurrado escada abaixo e jogado na traseira de um caminhão parado na rua. Saif tinha sido instruído a levar consigo alguns combatentes e esconder por um tempo o senhor Água nas terras ermas, para depois reaparecer num local combinado. Era de manhã cedo. Kismayo não se interessou.

O veículo era um caminhão de carregamento de gado que cheirava a animais, com bancos de ambos os lados. Uma lona foi puxada sobre suas estruturas de metal. Ele foi imprensado perto da frente, entre o tchetcheno que se chamava Qasab e um garoto somali — pequeno e encolhido feito uma serpente — que se mostrava cada vez mais enfurecido por crimes reais ou inventados contra o islã.

Suas mãos estavam amarradas, mas não o vendaram, portanto ele conseguia ver os subúrbios de Kismayo, emoldurados pelo fundo do caminhão. O escapamento espocava, cápsulas de balas chacoalhavam no piso de metal e o veículo balançava e dava solavancos pela estrada maltratada.

O calor foi aumentando. Havia burros parados à sombra. O caminhão virou numa estrada de asfalto pontilhada por pessoas famintas mancando rumo ao mar. Às vezes elas desmaiavam na estrada, então os combatentes tinham que descer e carregá-las para o acostamento antes de seguirem. Não existia alimento naquela terra. Novamente, não houve chuvas e a insegurança impediu que as pessoas plantassem o pouco que tinham.

Passaram por uma fazenda italiana que cultivava tomates e bananas para exportação. Isso foi nos anos 1960, quando os restaurantes na orla de Kismayo, Marka e Mogadíscio ficavam cheios de clientes, os garçons de uniforme, as bandas tocando, o mar azul, riscado pela espuma branca, e o macarrão sempre *al dente*.

Os portões que davam para a fazenda agora estavam quebrados, e a terra, rachada e arruinada. Os italianos há muito tinham partido. Havia apenas um homem vestindo farrapos, procurando frutas caídas embaixo das árvores. Quando passaram, ele ergueu a bengala acima da cabeça e acenou para eles, lentamente e sem força.

As árvores da Somália eram infestadas de sacos plásticos de cores diferentes, que eram carregados pelo vento e ficavam presos aos galhos. Dava para descobrir quantas pessoas moravam num assentamento pela quantidade de sacos plásticos nas árvores. À medida que avançavam, tornavam-se cada vez menos frequentes até que então não restava um sequer. Foi assim que ele soube que haviam deixado a desabitada Somália para trás e chacoalhado para as terras ermas.

Ele colocou a cabeça para dentro da porta do escritório do hotel e perguntou se poderia verificar rapidamente seu e-mail no computador. Deu uma olhada rápida nas mensagens e em seguida pesquisou por ela. Encontrou uma página no site do Imperial College. Ela parecia mais jovem na foto. Estava sorrindo. A página explicava seu trabalho. A terminologia era difícil de entender. Na parte de baixo havia uma referência a um campo de fontes hidrotermais que ela havia batizado: o campo hidrotermal mais ao norte já descoberto. Ele leu no dicionário on-line que "flinders" descrevia tanto mariposas quanto fragmentos e que Matthew Flinders era um integrante da Marinha Real Britânica que havia circum-navegado a Austrália pela primeira vez.

Tomou seu café matinal na sala de bilhar com os bustos. Abriu uma janela e olhou para o parque. Havia uma árvore cujos galhos se estendiam para a neve feito um braço. Havia uma chaminé de tijolos vermelhos visível na floresta: início do período industrial, esguia, afunilada e há muito sem uso. Respirar o ar limpo, relva, mar, neve era um luxo depois da sujeira e da fumaça dos jatos da África. Havia um espelho no ambiente e ele parou, olhando-se; ou melhor, como não era vaidoso assim, vislumbrou seu outro eu capturado dentro do espelho.

~⌁~

Escuridão, onde é o seu lugar? No oceano. Na rocha. Numa passagem de cavernas, por exemplo, recém-descoberta no carste morávio da Europa, algumas com câmaras do tamanho de catedrais, com setenta metros de comprimento, trinta de largura e cinquenta de altura.

Nunca chegaram ao fim dessas câmaras, pois há um rio subterrâneo bem fundo que corre muito rápido para ser atravessado. O equipamento de respiração disponível para exploradores profissionais não é o suficiente. Atrás do rio, seguindo por quilômetros, ficam câmaras que jamais foram iluminadas.

~⌁~

Era o que o Exército dos Estados Unidos chamava de *off-grid*. Existia em mapas e fotos de satélite, mas não tinha água, portanto não havia colonização. Os únicos caminhos eram aqueles que os pastores de camelos pegavam entre os espinheiros e pelos uadis.

Saif levantou seus celulares para o sinal melhorar. Recebeu uma última mensagem de texto antes que o sinal caísse. James viu que o protetor de tela de um dos telefones era de Giggs marcando um gol para o Manchester United repetidamente. Saif repassou os telefones para Qasab, que os colocou numa mochila juntos com algumas granadas. A mochila parecia resgatada de um antigo passeio cheia de sanduíches embrulhados em papel, bolo e uma garrafa térmica de chá.

Saif puxou um pequeno exemplar do Corão, finamente encadernado, e começou a ler em voz alta. Em voz baixa, primeiro, depois sonoramente. Quando terminou, aproximou-se do caminhão e se enfiou ao lado dele.

— Quero pedir que não fique assustado — disse Saif. — Não estamos indo para a batalha. A jihad não tem frentes de combate. A batalha está ao nosso redor, ela está por toda parte.

Eles tinham armas, mas não eram um exército. Não havia nenhuma semelhança com as unidades nas quais ele tinha servido. Eram homens magrelos. Com exceção de Qasab, ele não tinha dúvida de que qualquer um levaria uma surra até a morte se encarasse um paraquedista britânico médio. Esse pensamento lhe agradava.

Ainda assim, os jihadistas se mostravam mais resistentes durante um período mais longo. O paraquedista — o cruzado — era mais forte e mais pesado, porém ficava cansado e desmoralizado mais rapidamente. O paraquedista era limitado em suas regras de combate pela necessidade de proteger civis. O paraquedista não queria morrer. Os jihadistas bebiam água da sarjeta e se resignavam ao ritmo lento da insurgência, caminhando de jeans e sandália durante dias, carregando sua arma no ombro como esquis. Alguns deles afiavam os dentes com limas de metal. Com o tempo os jihadistas podiam vencer uma força muito maior. Eram o oposto das tropas de paz das Nações Unidas na África, que eram só logística, sem combate. Aqueles postos avançados da ONU eram protegidos por metralhadoras no alto de torres, enquanto no interior as casernas modulares eram arrumadas em torno de uma tenda-refeitório com uma televisão que passava alguma variante de rugby e a única alegria naqueles lugares era quando havia um gol ou um *try*. Havia estado num acampamento remoto no Sudão e tinha notado uma bela garota dinka seminua de pé à beira da tenda banhada pelo brilho de um jogo de rugby na televisão.

Havia dezessete combatentes no caminhão. Eram autossuficientes. Tudo o que eles compartilhavam com os paraquedistas era o cuidado com suas armas; eles as limpavam constantemente. A maioria não tinha sequer um tapete de oração. Eram fortalecidos pela perspectiva do martírio. Epidemias de fome, grandes inundações, malária, os ossos fraturados que se recuperam tortos ou nem mesmo se recuperam, o buraco podre através do maxilar, as infecções, as variedades de transtornos psiquiátricos, tudo isso lhes assegurava que seu destino era fatalmente incerto e medieval. Ninguém sentiria falta deles e, por mais que carecessem de bom senso, informação e equipamento adequado, o fatalismo lhes dava uma durabilidade que o paraquedista não tinha.

Tentou iniciar uma conversa com Saif, mas a estrada se tornou acidentada de novo e era difícil se fazer entender com o barulho. Caíram num silêncio incômodo.

No meio do caminho a terra simplesmente morria. Era desbotada e as rachaduras no solo da velha plantação italiana se tornaram fundas o bastante para que fossem tragados por elas. O interior dessas fendas estava cheio de raízes retorcidas e expunha pederneiras e fósseis. Essas terras ermas que haviam sofrido com a erosão se estendiam a perder de vista. Sentia sede. Estava louco por água.

A chuva estava a caminho. Todos podiam senti-la, seus sinais, seu peso. A luz tinha esmaecido, as nuvens estavam machucadas e cheias. Coçou os braços com as mãos atadas até juntar uma mistura grossa de sujeira, pele e sangue debaixo das unhas. Eram as picadas das pulgas. O caminhão seguiu rodando pelas terras ermas. Seu balanço o fez dormir. Quando acordou, estava com a mente confusa. Seu rosto doía e sua pele estava salgada. Não tinha chovido.

Pararam o caminhão debaixo de uma cobertura de acácias. Era fim de tarde. Ele foi arrancado do caminhão. Implorou para mijar. Desataram suas mãos e o levaram a um arbusto. Uma infecção havia se cristalizado nele. Era excruciante; pingava, havia pus, e depois um jato. Podia sentir o cheiro dos camelos num acampamento de pastores próximo. Bestas lentas que trotavam, peidorreiras, cheiravam como se locomoviam. Foi amarrado a uma árvore enquanto montavam o acampamento. Qasab era o mais velho, depois Saif. Os outros eram meninos. Eles estenderam as cobertas. As estrelas começaram a surgir no céu, ocultas por nuvens. Eles não pareciam saber nada sobre acampamentos — como escolher um local abrigado ou onde fazer uma fogueira de modo que o vento não a apagasse.

A chuva chegou de noite. Foi um aguaceiro tão repentino e torrencial que até os mais devotos combatentes começaram a xingar. As armas e as cobertas foram jogadas na caçamba do caminhão. Não havia espaço suficiente e ele teve que se deitar debaixo do caminhão com alguns combatentes. A lona rasgou e os outros se juntaram a eles, que então se alinharam; o céu brilhava com os raios, havia a proximidade dos corpos, dava para ouvir os camelos e Qasab entoou uma prece com uma voz rouca. Ouviu-se um grito. Ele foi arrastado para fora, ficou de pé, era difícil enxergar, era como se imergisse, e então distinguiu um combatente agachado atrás de um espinheiro e do outro lado uma gazela dando coices na lama e um leão fechando suas narinas com as patas.

Quando a chuva diminuiu e eles estavam de novo debaixo do caminhão, ouvindo o leão se alimentando, ele teve uma sensação estranha, algo como a velocidade de sua passagem pelo mundo, mal parando nele, e a compreensão de que os leões haviam por tantas gerações atacado animais acobertados pela chuva no deserto e que o som deles na escuridão sobreviveria a ele e a todos os de sua espécie, assim como a própria lama debaixo do caminhão perduraria mais que ele.

Depois, na claridade de um raio alucinatório, ele viu uma leoa chegando para a matança. Ela era magra, com o rabo dividido, como um símbolo de heráldica, à maneira boêmia, também inclinada como o curso do rio em sua casa. Alguém levantou uma arma, era confuso, as orações, a necessidade de urinar, o motor vazando, a sensação de ser feito de açúcar e estar derretendo, uma lanterna, uma tocha, e então nada, um vazio. Viu o combatente mirando a leoa e gritou "não!". Antes que o gatilho fosse apertado, Saif saltou do caminhão e chutou o combatente na lama e continuou chutando. Se isso era disciplina ou apenas postura de macho-alfa, era difícil dizer. Mas a leoa escapou.

A noite continuou passando. Mosquitos se enfiaram entre seus corpos e o eixo do caminhão. Cada um dos insetos que passava zunindo estava vermelho do sangue que podia ter vindo dos combatentes, dele, dos camelos. Sentiu-se mais longe de casa do que jamais havia se sentido na vida.

O que ele era? Não um astronauta flutuando no vácuo depois de uma caminhada espacial que deu errado. Apesar de todas as poças, não havia sequer um dos aquanautas dela. Ele era um espião infeliz, acorrentado a homens e meninos que queriam convertê-lo ou assassiná-lo. Eles não tinham nenhuma noção de onde ele vinha, o que se passava em sua cabeça, as lembranças do seu país — lembranças ao estilo do soldado-poeta Sassoon, uma árvore, a passagem de uma cerca, uma sebe viva, as pederneiras na argila de um campo de Yorkshire; ou então o resto de tudo, natural, o burburinho da vida urbana, amizades, rostos, o barulho e as cores fluindo nas primeiras horas de uma festa em Fulham.

Esses homens e meninos passaram pelos campos de treinamento e foram levados a ver uma luz que ele não conseguia ver. Que rosto? Ele não sabia. O maometismo não tinha um rosto.

Não era totalmente insensível. Tinha lido o Corão. Ele apoiava os palestinos principalmente, como muitos faziam no serviço secreto de inteligência. Tinha caminhado através de território hostil durante dias para chegar ao minarete de Jam, no Afeganistão. A beleza daquilo o levou às lágrimas. Suas opiniões eram convencionais: ele era contra a conciliação. O mundo muçulmano tinha de permitir que laboratórios e igrejas fossem construídos. Devia haver uma leitura compulsória de Voltaire em cada madraçal. Bares gays e praias nudistas na Riviera Saudita podiam esperar. Quaisquer palavras que pudesse pronunciar sob o peso do seu cativeiro, ele era um infiel. Esses homens do islã empunhavam uma espada com um Corão. Essa era a força deles; isso era o que os tornava abomináveis para ele.

O chuvisco prosseguiu noite adentro, e no dia seguinte cupins com asas se levantaram da terra em grande quantidade. Ele estava encostado na lateral do caminhão, e as gotículas caíam suavemente em seu rosto, com não mais força que uma lágrima. Por todo o acampamento as gotículas caíam, através da luz que aumentava, emprestando brilho aos cupins. Caíam de tal forma que se tornavam fascinantes. Não é de se admirar que os muçulmanos fossem consumidos pela ideia de paraíso como um jardim em que a chuva caía com suavidade. Parecia irrelevante se o paraíso ficava nesse mundo ou em outro lugar, mas a chuva era importante.

A grama, os espinheiros, o chão do acampamento e a caçamba do caminhão estavam prateados por dezenas de milhares de asas de cupins. Presos à terra, sem visão, os cupins tremeram e morreram em silêncio, não de forma ensurdecedora como as abelhas; sem protesto, um isolado do outro. Ele os observou e passou a acreditar que o único voo produzia neles um êxtase que seu corpo havia evoluído para receber e exaltar e que, no momento em que suas asas se soltavam, o auge vibrante de sua criação não era uma risada nem uma fala, mas um único e prolongado orgasmo. Alguns dos combatentes saíram pelo acampamento para recolher os cupins e os fritar para o café da manhã. Deram-lhe um pão árabe cheio deles. Ele mordeu. Sentiu algo crocante e depois os sucos.

Permitiram que ele caminhasse de manhã com Saif e juntos encontraram os restos da carcaça que o leão tinha deixado.

— Uma leoa e seus filhotes — disse. — Você os salvou.

— Nossa luta está por toda parte — disse Saif, justificando-se.

O sol brilhava. Os combatentes secaram a si mesmos e a seus pertences e armas. Estavam menos maltrapilhos e pareciam mais limpos do que antes da chuva.

Quando os pastores de camelos partiram, passaram pelo acampamento e gritaram obscenidades. Ele não sabia o quê, mas eram coisas pesadas. Os pastores eram homens selvagens, do tipo que costumava castrar os inimigos e usar suas genitais para fazer saquinhos de rapé. Vários dos meninos mais jovens correram atrás deles. Os pastores se viraram e gritaram mais palavrões e cuspiram entre os dentes fechados como gatos. Um deles pegou sua arma, o outro correu para se proteger. Houve tiros. O pastor com a arma caiu morto. Correram atrás do outro pastor e lhe deram um tiro na omoplata. Ele caiu nos arbustos.

James estava amarrado a um menino. O menino correu e ele o acompanhou. Os outros combatentes já haviam se aglomerado. O pastor estava de joelhos. O furo de saída da bala era pequeno. Todos os jihadistas o observaram morrer sem desviar o olhar. James também. O pastor rastejou para a frente. Seu pulmão estava perfurado. Sangue era soprado no ar a cada respiração.

— Eles iam denunciar a nossa posição — explicou Qasab em árabe. — Tinham que ser mortos.

Foi Qasab quem esquartejou o filhote de camelo e então deixou os outros camelos irem embora.

Chegaram a um uadi como aquele em que tinha visto Yusuf de pé com os antebraços enfiados num vaso de espermacete.

Seguiam lentamente. Em certos pontos precisavam descer todos do caminhão e caminhar ao lado dele, removendo as grandes pedras que bloqueavam o caminho, enquanto Saif verificava a posição deles no GPS. Mosquitos subiam famintos de faixas de água suja. Em certos trechos, o uadi se alargava num desfiladeiro. O caminhão se arrastava sobre olivina basalto polido pelos cascos de camelos que passaram antes deles. Pararam debaixo de uma árvore cujos galhos e tronco eram amarelo-manteiga. O caminhão reluzia na sombra, reluzia até o espaço, até o satélite americano do qual tinham recebido suas coordenadas, ou pelo menos era o que Saif achava. Ele tinha medo de ser espionado mais do que qualquer coisa e decidiu que deviam parar ali, camuflar o caminhão e continuar depois do pôr do sol; idiota, porque os satélites ou os drones Reaper com seus indicadores termais teriam mais facilidade de localizar um caminhão se deslocando de noite do que de dia.

Tiraram as munições do caminhão e mantiveram distância, caso o veículo recebesse um ataque aéreo.

Depois, deram a ele um prato de carne de camelo com arroz e chá. A água era de um buraco que cavaram no leito do rio. Não era xaroposo como o chá que os outros bebiam. Foi espancado por se recusar a catar lenha. Era parte do seu plano. Ao ser seletivamente não cooperativo, ele podia ser favorecido ao se mostrar inesperadamente cooperativo.

—Todo mundo já está aqui — sussurrou ela.

Era um jantar formal. Seu vestido era reluzente, exibindo-se em púrpura, marrom e em outras cores e mostrando seus seios e quadris. Ela pegou no braço dele ao entrarem. Ele se sentia constrangido. Duvidava que tivesse ido sozinho. Detestava jantares e bailes regimentais.

Nevou tão forte que os empregados tiveram de varrer a neve do telhado; tão forte que transformou a Belém de sua cabeça de uma aldeiazinha palestina suja e espoliada por Israel numa respeitável cidadezinha do campo francês; os pastores nos campos cobertos de neve, os anjos acima.

Ela usava uma cruz de prata etíope que cintilava à luz das velas. Estavam sentados a uma mesa em que Ibsen tinha comido seu ganso no Natal de 1899. Tomaram isso como um prenúncio de tempos felizes.

Joyeux Noël! Paz e boa vontade, chocolate quente e casacos de pele e todos os telefones desligados, por favor. Houve uma peça sobre a Natividade, madrigais, algum Haydn num trompete e uma peça para piano inidentificável. Os garçons usavam fraque. Erguer um dedo para eles era considerado falta de tato; eles captavam o mais leve aceno de cabeça e deslizavam da cozinha como um coro grego.

Entre eles, no curso da noite, comeram porções de foie gras de pato com uma geleia de vinho de pêssego, escalopes escoceses, presunto, lombo de cordeiro da Auvergne desossado, feijões-brancos com trufas, brema-do-mar, damascos escaldados, panacota com folhas de louro, queijos e chocolates. Beberam champanhe, um vinho branco da casa, Bordeaux Rothschild, vinho de sobremesa Chateau Villefranche; ele tomou um espresso, ela, uma xícara de chá de rooibos. Havia ainda amêndoas e pudim de Natal inglês com molho de brandy do Ritz de Londres.

Ele vestia um terno azul com sapatos de camurça e uma camisa cinza da Turnbull & Asser. Só estava com suas abotoaduras regimentais. Um paraquedas de prata castanho. Não achou que ela fosse reparar.

Era antiquado, sob muitos aspectos. Invejava exploradores vitorianos por terem objetivos tão óbvios e pelo contraste que experimentavam entre o mundo que descobriam e o mundo ao qual voltavam. Nada mais era tão claramente definido. Ele não confiava nas emoções. Confiava no conhecimento e no dever. Sim, dever. Seu trabalho era aterrorizante apenas ocasionalmente. Quando o era, ele lidava com isso. Sua mente era flexível, a mente de um futuro chefe da inteligência, que acreditava que o maior serviço que podia oferecer nesse presente complicado era ajudar as pessoas a se emparelharem emocionalmente com seu momento histórico. Eram quase contemporâneos.

— Você esteve no exército — comentou ela.

— O que faz você dizer isso?

— Quase tudo. As abotoaduras, para começo de conversa. A tatuagem. Nunca conheci um homem que dobra as roupas e arruma os sapatos antes de ir para a cama.

— Isso foi muito tempo atrás — disse ele. — Um breve encargo no serviço.

— Você fala como se estivesse arrependido.

— De certa maneira.

— Você saltava de aviões?

— Sim, eu saltava.

— Uau! — exclamou ela, ecoando o uau dele. Ela não era francesa. É claro que ela viu suas abotoaduras, é claro que enxergava através dele. Não demoraria muito para que a natureza de sua profissão também se tornasse igualmente evidente; as mentiras, os roubos, as mortes; os déspotas da agência, os bons homens e mulheres que eram impedidos de sair.

Ela não perguntou como era pular de um avião, ela não disse: do que foi que você não gostou no Exército? Ela falou:

— Posso dizer algo em alemão? Você se incomodaria?

— De modo algum — respondeu ele. E então: — Eu não falo alemão.

— Simplesmente ouça as palavras.

Ela as enunciou lenta e claramente:

— *"Durch den sich Vögel werfen, ist nicht der vertraute Raum, der die Gestalt dir steigert."*

— Algo sobre um pássaro.

— É Rilke. "Aquilo em que os pássaros mergulham não é o espaço interior em que você vê todas as formas intensificadas." Achei que poderia significar algo para um paraquedista.

Ele não emitiu nenhuma opinião.

— Eu não salto há anos.

Eles conversaram sobre supermodelos, punk e King's Road.

Ela falou de seu sobrinho, Bertrand, Bert.

Havia tanta coisa de que não podiam falar. Ela não podia simplificar a matemática para ele. Ele era legalmente obrigado a se esconder por trás de uma identidade falsa. Falaram com alegria de coisas natalinas e ouviram os madrigais e, apenas quando as carnes chegaram, com os garçons se apressando como magos conduzidos pelas estrelas com os doces odores, ela lhe perguntou sobre a África.

— Me fala da África francesa.

— Djibuti — disse ele sem pensar.

— Onde fica Djibuti?

— Entre a Eritreia e a Somalilândia.

Ela assentiu com a cabeça.

— O país se parece com o que uma porção de lugar vai parecer. A capital é Djibuti Ville. Está arruinada. A praça principal foi rebatizada, mas todo mundo ainda se refere a ela pelo nome colonial. Os bares onde os legionários franceses bebem estão cobertos de sacos de areia para protegê-los de homens-bomba, embora as prostitutas exibam seu material de qualquer forma. As lojas que dão para a praça principal são de negociantes chineses. O helicóptero presidencial voa baixo sobre as barracas do mercado de noite. Todo mundo tem um celular equipado com câmera e som. Muitos dos djibutienses se esquecem de desligá-los quando entram na mesquita, por isso as preces são interrompidas por uma mistura de toques de chamada, alguns religiosos, com mais frequentemente toques normais, ou hip-hop francês. Os camelos são trazidos do deserto no começo da noite para serem esquartejados e às vezes é possível ver os afaris cortando a corcova do camelo e se juntando para beber a mistura verde, como têm feito há centenas de anos. Os edifícios geralmente são uma pilha de entulhos e, quando não são, estão cobertos por cartazes de pasta de dente ou sabonete. É um lugar muito quente, não recebe sequer uma brisa do porto, e não sei dizer o que existe nas águas de lá, nunca parei para pensar nisso antes de conhecer você, existem tubarões-baleia no golfo de Tadjura, eu acho, e vulcões ao longo da orla. É uma área geologicamente muito ativa.

— É francesa?

— Só nos acampamentos da Legião Estrangeira e às vezes no porto dá para ver um daqueles velhos navios de carga a vapor a caminho de Reunião ou da Caledônia. Ao mesmo tempo, Tarek bin Laden, irmão de Osama bin Laden, quer construir a maior ponte do mundo, ligando Djibuti ao Iêmen, atravessando Bab--el-Mandeb, o Portão das Lágrimas, e cidades de cada lado da ponte como uma esperança para a humanidade. Haverá uma cidade para dois milhões de pessoas em Djibuti e uma para quatro milhões no Iêmen. O custo projetado é de quarenta bilhões de dólares e o trabalho inicial está a cargo de empreiteiras americanas da área de defesa, com pleno apoio da CIA.

Ele parou. Tinha se desviado assustadoramente para seu trabalho real: havia sido convidado para participar do projeto da ponte.

— É interessante a história dessa travessia. Existem provas, genéticas e arqueológicas, irrefutáveis, eu diria, mas não quero ser um desmancha-prazeres, de que todo não africano no mundo descende de um bando de aproximadamente trinta pessoas que atravessaram o Portão das Lágrimas há cerca de sessenta mil anos, caminhando e vadeando, ou talvez em jangadas, da África para a Arábia. Somos todos africanos. Quase toda a nossa diversidade genética está dentro de nós, não entre raças. Com uma história similar de migração, qualquer tribo africana ficará loira de olhos azuis. Ficamos branquelos na França e negros ao sol. Já escapamos uma vez como espécie. Saímos do seu vale do Rift para a Somália e então para o Oriente Médio. Havia não mais que alguns milhares de nós vivos.

— É isso? Não consigo acreditar. Em cada olho d'água éramos superados numericamente por macacos.

— Geneticamente, isso significa que cada pessoa viva que não seja africana é descendente de um daqueles indivíduos que atravessaram o mar Vermelho, enquanto todo africano é descendente daqueles que ficaram, com alguma mistura. — Ela apontou para si mesma como quem dizendo "Voilà!".

— Isso explica a diversidade genética na África, onde um aldeão pode ser mais distanciado do vizinho dele do que você é de um polinésio. Isso é o êxodo.

Ela se virou para o pianista, que tocava suavemente músicas francesas de Natal. Ele estava certo de que, em algum momento de sua vida, se lembraria dessa noite; ele se lembraria dela.

— O que foi?

Olhou para ela fixamente.

— Nada.

Era tudo. Viu nela um futuro possível. Sua pele, suas feições faciais. Então voltava a não ser tão novo; a ordem febril das raças estava sucumbindo muito antes.

A noite seguiu mais lenta a partir de então, como uma pedra afundando num lago. Estavam cansados e mais aconchegados no seu cansaço e, como frequentemente acontece em longos jantares, a conversa se tornou assombrada.

Ele começou com um gole de vinho de sobremesa e contando como, em 1597, o poeta John Donne se lançou ao mar para os Açores com o conde de Essex para interceptar um navio do tesouro espanhol na baía de Angra na ilha Terceira, com seu clima ameno, bosques e pomares abundantes e campos para engordar o gado deixados pelos marinheiros em sua longa viagem para o Novo Mundo.

— Donne ainda era um imediato vigoroso na aventura de Essex, um poeta — contou ele —, mas, ao voltar à Inglaterra, renunciou à vida fugidia para se tornar um clérigo. Suas pregações tocavam seus congregados. Seus sermões e suas meditações ainda repercutem.

— "Nenhum homem é uma ilha isolada, todo homem é uma partícula do continente, uma parte do todo; se um torrão de terra é levado pelo mar, a Europa diminui" — recitou ele. — O que você acha que acontece aos corpos sepultados no mar?

— Eu nunca pensei muito nisso — respondeu ela, mentindo. — Não é do pó ao pó, certamente, é da água à água. Somos feitos de água, é a coisa mais óbvia, e ainda assim não nos damos conta, pensamos que somos sólidos, não somos, somos bolsões de umidade. Sangramos. Nossa boca, nossos olhos, cada abertura nossa para o ar está cheia de saliva, muco ou cera. Se ficarmos demais sob o sol, em pouco tempo secaríamos.

— É um choque ser uma água-viva — comentou ele, acendendo um cigarro. — Temos permissão para fumar?

— Acho que sim.

— Se o homem é feito de água, os anjos então seriam feitos de ar?

— Os anjos são feitos de luz. O que o fez pensar nisso?

— Não notou que existem anjos por toda parte no hotel? Eles estão acima da entrada, no espelho do saguão, nas escadas. Donne disse que os anjos não se propagam ou multiplicam. Que foram feitos inicialmente em abundância, assim como as estrelas. Isso cria um problema. A população humana está explodindo, e, no entanto, o número de anjos permanece o mesmo.

— Você fica preocupado com a ideia de que a gente fique sozinho e não tenha ninguém para nos mostrar o caminho?

— É o que você dizia ontem. Tudo vai ser quantificado e então vai ter menos de tudo.

— Não é complicado — disse ela, sua voz ligeiramente diferente. — Suponha que exista um deus, uma grande suposição, suponha que ele é onisciente; pois bem, ele saberá antes de começar qual será a população humana máxima da terra e no universo. Como é todo-poderoso, ele vai fazer um programa para que um número x de anjos, um trilhão de anjos, entre em existência depois do big bang, mas ele os deixará inconscientes, não totalmente nascidos, até que tenham alguém para cuidar. É bem provável que recém-nascidos sejam os anjos despertados.

— Você não acredita?

— Você acredita?

— Eu acredito — respondeu ele. — E não me arrependo de dizer isso.

Ela podia ter recuado nesse ponto, de credulidade, mas, quando se é atraído por alguém, existem coisas que não se pode compartilhar. Além do mais, ela tinha suas próprias experiências, sua própria imaginação.

Olhou para ele diretamente.

— Tenho um problema em acreditar em qualquer coisa que não possa evoluir — explicou ela. — O que faz de Donne uma autoridade, afinal?

Ele pensou por um momento.

— Generosidade? Percepção? — Outro verso de Donne lhe veio à cabeça. — "Mas eu nada faço contra mim mesmo e, no entanto, sou meu próprio carrasco."

— Você sabe por que os anjos nunca estão sorrindo nas pinturas?

— Não.

— Porque eles são muito antigos.

Seu trabalho tinha lhe dado uma ideia da importância da imaginação. Achava interessante que os anjos fossem anteriores às religiões sobreviventes e com uma fineza de detalhes. Os anjos não eram super-heróis. Eles não tinham humores. Eram impecáveis, inumanos. Ela viu uma caixa de argila da Babilônia e ajoelhado nela havia um anjo com as asas dobradas. Se ela erguesse uma lanterna sobre a caixa, como se estivesse ajustando um refletor em um submergível, poderia ver claramente a anatomia de suas costas e de seus ombros. O anjo ficaria de pé, gigante em sua consciência, com a cabeça abaixada. Ela olharia para o seu rosto com crateras e suas asas se abririam lentamente, com plumagem untuosa, uma envergadura maior que a de qualquer águia-marinha. Então o anjo desceria de novo na caixa e ela iria embora, de volta para sua própria vida, Londres, trabalho, contas.

— Me diz algo horrível — pediu ela.

— Por que eu faria isso? "Tis the season to be jolly."

— Não temos muito tempo. É um bom motivo?

Ele ficou em silêncio.

— Reviraria o seu estômago.

— Meu estômago é bastante forte.

O pensamento dele se acelerou. Não era um engenheiro hidráulico. Tinha visto violência. Tinha praticado também.

— Tudo bem — aceitou ele, por fim. — Outro rito de morte. Você se lembra dos luos, que eu comentei na floresta em Nairóbi?

— As hienas escavando os corpos? Do povo do Barack Obama?

— É isso. A maioria deles vive na parte ocidental do Quênia, nas margens do lago Vitória. As aldeias de pescadores isoladas da região ainda mantêm tradições sistematizadas antes da independência num panfleto chamado *Luo kiti gi tubege*. Eu o li, por isso estou seguro de que o que vi numa das aldeias de lá não era uma aberração. Um menino se afogou nos caniços onde as mulheres lavam roupa e os crocodilos se escondem. Era um corcunda. As pessoas diziam que ele era fraco e tinha dificuldades para caminhar. Antes que fosse enterrado, sua corcunda tinha que ser aberta. A família dele pagou a um homem em cabras para fazer o serviço. O preço costumava ser pago em vacas, mas ninguém podia arcar com o pagamento em vacas. O lago estava sem peixes e as pessoas não tinham dinheiro.

"Todo mundo na aldeia se reuniu em torno da cena — prosseguiu ele. — O homem afiou seu machado. Eu pensei que estivesse assistindo a uma execução. Então vi o corpo deitado de bruços numa cama de cordas, com a corcunda exposta. Havia tristeza e também tensão; se o homem cometesse um erro, a corcunda passaria para a família dele. Se não cometesse nenhum erro, o lago absorveria a maldição. O homem bebeu vinho de banana e agitou o machado no ar, relaxando. Passou a mão para cima e para baixo pela espinha do menino, procurando o ponto, até que sua mão o encontrou. Ele finalmente se posicionou sobre o corpo e golpeou no ponto da corcunda com o machado e a abriu."

— Eu nunca vi nada parecido com os meus próprios olhos — comentou ela, depois que um silêncio passou entre eles. — Só nos jornais.

Ele lhe lançou um olhar inquisidor.

— Desde que era criança eu imaginava um navio negreiro afundando numa travessia do Atlântico — disse ela.

— Um sonho?

— Não. É como uma série de litografias. Rostos ligeiramente diferentes a cada sonho. Muitos closes, geralmente em ângulos diferentes. Começa sempre da mesma forma. O contramestre está fumigando o porão dos escravos com uma corrente incandescente mergulhada num balde de alcatrão. A corrente está quente demais. Ele a deixa cair no convés envernizado. O assoalho é envolto pelas chamas. O timoneiro abandona a roda do leme. Os marinheiros sufocam na fumaça. O verniz borbulha. Os escravos gritam nos porões inferiores. É raro que eu os veja. Quando isso acontece, a imagem é sempre turva, muito escura, apenas a sugestão de uma boca aberta, o brilho do metal. Os marinheiros colocam na água os últimos barcos a remo. Não chegam a pensar em libertar os escravos. A água invade os porões. O navio se parte e desaparece sob as ondas. Sabe o que eu vejo em seguida?

— Não posso adivinhar.

— Nada. Apenas a superfície do mar. É minha não existência. Meus ancestrais escravos se afogam no Atlântico e eu nunca vou nascer.

— O lado australiano da sua família vai dar para o gasto.

— Até que o transporte dos condenados acabe — disse ela, com sotaque australiano. — Existe uma parte de mim — continuou — que acha que eu me interessei pelo oceano para ver onde foram parar aqueles escravos, a que profundidade eles afundaram. Recentemente as imagens se afastam cada vez mais do navio. Não dá para distinguir os rostos, apenas os contornos dos marinheiros, o navio banhado de luz e se despedaçando. Várias vezes agora eu sonho que estou folheando as litografias na plataforma de uma estação de trem que me lembro de ficar na Argentina. Existe um rio largo, uma planície, vinhedos, as montanhas cobertas de neve, Bariloche. É sempre outono, as folhas coladas como selos à plataforma e eu ouço a história do navio negreiro em muitos detalhes contada por um senhor idoso sentado num banco ao meu lado.

Cada um deles ganhou um pequeno presente de Natal. Ela recebeu um coelhinho de cristal; ele, uma faca esportiva. Chegou um copo de uísque para ele.

Ele havia entrado naquele estado de espírito que ficava quando pensava em metafísica. Estava mais próximo de Donne do que de Ibsen. O céu parecia estar sendo desvendado. Você entrava e era banhado por uma luz igual, sem sol nem tormentas, nunca atmosférica, e era recebido também por um som uniforme.

～ↄ

A Somália não é a África conhecida. Nunca se verá um homem nu lá. Todo mundo está envolvido, coberto. Não há nômades carregando engradados de Coca-Cola nos ombros com escarificações no rosto e no peito; nenhum pau fino balançando.

E deve ser dito que os ritos de iniciação da maioridade dos jihadistas na Somália não se comparam à cerimônia de circuncisão dos meninos massai, que são deserdados se piscarem um olho quando uma faca afiada é passada em torno da cabeça e são recompensados com garotas com colares nos pescoços, alfinetes na pele, cheirando a terra e cabras, suas bundas untadas com uma pasta ocre, seus peitos firmes, com mamilos que nunca amamentaram, se eles permanecerem sem expressão. O menino massai circuncidado em silêncio tem acesso ao leite e ao sangue do gado, a uma faca toda sua e a uma lança. Qualquer que seja seu credo, ele cantará e pulará à maneira massai. Se ele não for à cidade e se perder por lá, será forte o bastante para caminhar descalço durante dias e continuar caminhando até a velhice, muito depois que a visão e a audição lhe falharem.

A sorte do mujahid é, de certa forma, melhor e, de outra, pior. É mais fácil apertar um gatilho ou o botão do controle remoto num dispositivo explosivo improvisado (celulares não são confiáveis) do que tolerar uma faca sem anestesia e não demonstrar nenhum sinal de dor. Por outro lado, a resistência de um jihadista não tem nenhuma recompensa óbvia nesta vida.

Eles caminharam ao longo do uadi à noite, o caminhão seguindo a certa distância atrás. Dormiram ao amanhecer. O vento chegou de tarde, quando eles recolheram o acampamento. O uadi era uma fenda na terra feita pela água e por ela abandonada que afunilava o vento de tal forma que, mesmo quando cobriam totalmente o rosto, mal conseguiam enxergar por causa da poeira. Ele bebeu das tiras gordurosas e ficou mais enjoado. Vomitou a comida que tinham lhe dado e vagueou como um inglês ao meio-dia e ninguém o impediu porque não havia aonde ir. Afastou-se demais e foi pego, então teve mãos e pés atados. Podia rastejar até uma fenda para urinar. Para a outra função, precisava ser desamarrado.

O calor queimava seu couro cabeludo. As cobras não saíam debaixo das pedras. Nem os jihadistas. Caiu sobre sua própria sombra. Ele era um daqueles paraquedistas capazes de, desarmados, matar um combatente. Mas agora não conseguia nem os acompanhar. Era feito para estruturas e sistemas. Em seus estupores, viu o sol endurecer e atravessar o céu e arrefecer ao cair da noite. Viu as cores da floresta petrificada. Ouviu orações à sombra. Se pudesse ao menos escalar para fora do uadi, poderia sair para o mundo.

Quando sua mente e sua respiração ficaram claras e sóbrias, ele viu que o uadi se dividia entre as partes atingidas pelo sol e as partes aonde ele nunca chegava. Essas partes eram, para ele, uma lembrança do que Danny tinha dito: as formas de vida mais estranhas existem nas fendas.

Ele pensou que, no futuro, a grande literatura seria traduzida numa escrita hieroglífica baseada nas formas hexagonais, incluindo aquela passagem da *Utopia* em que seu ancestral santificado sonhou com vastos desertos do Equador

> ressecado pelo calor do sol, o solo estava sem vida, todas as coisas pareciam sombrias e todos os lugares ou eram desabitados ou abundavam com bestas selvagens e serpentes e alguns poucos homens, que não eram nem menos selvagens nem menos cruéis do que as próprias bestas.

A luz e a escuridão do uadi o ajudaram a entender melhor a visão de mundo jihadista.

— Qual é a influência do deserto no islã? — perguntou ele a Saif, quando estava se sentindo melhor.

— O que você quer dizer? — questionou Saif. — O deserto também vale para os cristãos. Jesus foi para o deserto.

Ele conhecia a umidade entranhada na Inglaterra.

— Não mais — retrucou. — Não na Inglaterra.

Ele acreditava que o contraste no deserto ajudou a criar as religiões abraâmicas e que o avanço e a iluminação do cristianismo foi uma aceitação de dias e noites chuvosos. Tudo se reduzia ao clima. As nuvens que ocultavam as estrelas na Inglaterra, as temporadas de garoa por lá, a névoa, as tempestades, as árvores que perdiam suas folhas, tudo isso zombava dos beduínos.

Havia árvores delgadas no uadi, muito velhas, duras como pedra, e nas suas cavidades e raízes obscuras havia aranhas e camundongos.

Certa noite, enquanto caminhavam, encontraram um cormorão fraco demais para voar. Ele estava numa pedra batendo as asas, como um ganso numa fazenda. Se chovesse, o cormorão sobreviveria, mas não havia nenhum sinal de mais chuva.

Ele pensou muito em sexo enquanto caminhava. Não no cio dos pastores de animais, nem no desejo sexual reprimido dos combatentes; em vez disso, colocou-se um tanto comicamente na pista de dança de Kampala, no meio dela, uma fonte de bundas de mulheres ugandenses, girando, se balançando e sacudindo seios enormes; os espelhos, os cigarros, as garrafas de cerveja Nile, a mobília chinesa barata, o suor; e todos os outros homens no canto da pista de dança, assistindo a um jogo de futebol inglês na televisão, deixando-o sozinho para satisfazer todas as mulheres, uma de cada vez, o que, na longa caminhada, ele não teve dificuldade de fazer.

Era uma vez um conde húngaro da Transilvânia que vendeu um diamante da família para financiar expedições para o leste da África. Seus carregadores o chamavam de gorducho.

Ele comprou suas armas na Holland & Holland em Londres e recuperou um pouco dos custos da expedição com a venda de marfim dos elefantes que matou; o marfim do qual muitas teclas de piano da Viena daquele período foram fabricadas.

Dizia-se que um dos contemporâneos do conde, um jovem americano arrogante, teria levado vários pares de luvas da cor de sua pele ao atravessar o rio Tina com a intenção de fazer os somalis pensarem que ele estava arrancando a pele das próprias mãos, embora isso seja difícil de acreditar. Será que os somalis teriam caído nessa?

～⁐⌒⊃

Era mais fácil de aceitar se fosse a África quem lhe fazia aquilo. A África era uma amante severa com homens pálidos. Se ele considerasse seu cativeiro dessa forma, poderia colocar a sua jornada como o fim medíocre de uma exploração africana; nada mais que um passeio. Não via com bons olhos muitos dos exploradores e caçadores brancos por causa de sua ganância e violência. Ele acreditava em estar a serviço dos outros. Se tivesse sido mais gentil, poderia realmente ter sido o senhor Água.

O capim era alto às margens dos lagos do Congo, e a lama ficava grudada em suas botas de tal forma que ao fim do dia não adiantava dar pisões para se livrar dela, mas precisava removê-la com uma faca ou uma colher. Havia milho crescendo nas áreas cultivadas, além de abóbora, mandioca, espinafre, ervilha, amendoim, às vezes goiaba, manga, melancia e muitos tipos de banana; cozida e servida com tiras de galinha ou tilápia. Os aldeões penduravam colmeias nas árvores para as abelhas as colonizarem. Essas colmeias eram barris feitos de tiras de bambu e cobertos de lama, esterco e folhas. Uma extremidade era selada com casca de bananeira, a outra tecida com videira e corda. Pensou nos trabalhadores nas encostas dos vulcões acima dos lagos. Caminhando de volta para casa em trilhas molhadas através de campos de sorgo cujas borlas vermelhas oscilavam, enxadas nos ombros, ao longo de riachos de águas claras; cada trabalhador para seu barraco de lama sem janela com telhados de telhas de terracota.

Pensou na água dos lagos, em suas formações rochosas e nos velhos navios a vapor tombados na praia. Nos bares do lado congolês — o Zebra e o Sir Alex — e nos soldados saindo por suas portas cambaleando ao amanhecer, ainda de galochas, ainda armados, levando consigo garotas obrigadas por suas famílias a dormir com eles na esperança de garantir melhores rações e proteção.

Pensou especialmente na chuva trovejante da tarde, uma criança vendendo tomate ao lado da estrada no meio do aguaceiro, o vapor subindo da terra depois da chuva, os macacos saltando nas árvores e um homem sentado numa banqueta do lado de fora de sua cabana, lendo a Bíblia à última luz do dia.

Existia uma cidade num lago entre o Congo e Ruanda onde o vento soprava forte, mas não formava ondas. Havia um hospital na colina da cidade construído pelos soviéticos e um farol atrás dele que acendia no crepúsculo e havia um menino vendendo tabletes de chiclete que, ao perambular por ali, olhou para o céu e disse:

— Olha! A lua está roubando a luz do sol!

Saíram do uadi com o caminhão. Era marciano, mas havia movimento: impalas saltando, pítons-africanas e rãs venenosas. Passaram por uma sepultura onde o corpo jazia acima da terra com pedras empilhadas sobre ele. A lápide louvava uma vida de pastor ao Todo-poderoso. Havia alguns selvagens por ali que não deram atenção a eles, mas se abrigaram do sol e do vento em choupanas redondas feitas de papel, plástico e pano.

Chegaram a um lugar ao qual nenhuma imagem de satélite pode fazer justiça. Havia uma planície de escória de carvão vulcânico, como nas encostas da ilha do terrorista, e então o caminhão desceu abaixo do nível do mar, chegando a uma brancura groenlandesa. Mesmo de perto tinha o aspecto de uma banquisa, com aquelas mesmas veias verdes. Todas as tonalidades de branco eram visíveis e havia campos de gelo rosados a distância no mar. Parecia cascalho debaixo dos seus pés quando pulavam em cima dele. Mas era ilusório. Não era o gelo do norte que dá vida e derrete e congela, debaixo do qual as belugas nadam. Era um deserto de sal. A névoa era de vapores de cloro. Não havia pássaros no céu. Estava forrado com os ossos de animais que se perderam ali, morreram e foram cobertos de sal. Ele pegou o que achava ser o crânio de uma gazela. Parecia congelado, as cavidades oculares brancas, mas o sal se desfez ao mais leve toque, deixando apenas o osso.

Saif ordenou ao grupo que cortasse placas de sal e as colocasse no caminhão para que pudessem trocar mais tarde na jornada por carvão vegetal e soro de leite. Ele os ajudou a embrulhá-los em sisal. Removeu sal dos cabelos e do rosto. Acontecia com todos eles. Começavam a parecer congelados uns aos outros: era impossível viver debaixo da margem do mundo.

O terreno era plano como uma mesa de bilhar. Tinha ficado debaixo d'água no último período pluvial. Quando olhou mais cuidadosamente, ele viu os dentes espalhados de peixes e crocodilos pré-históricos.

A chegada de uma alma ao céu é como um navio veleiro descobrindo o porto rumo ao qual navegava. Mas a verdade sobre a viagem de Danny era que ela não navegava para porto algum. Tinham deixado a Islândia para trás, Akureyri, com seu fiorde e suas montanhas verdejantes e geleiras, e subido para o norte no navio a vapor no mar da Groenlândia, Grønlandshavet. Ela rumava para a maior fonte hidrotermal inexplorada do mundo, muito abaixo dos icebergs submersos e da parte superior azul-negra, numa parte da zona hadal cujo relógio apagado batia numa velocidade incalculavelmente mais lenta.

～

Era o cruzeiro de verão mais importante de que ela já havia participado. Dava a oportunidade, acreditava, de avaliar a extensão da vida nas fissuras de rocha abaixo da zona hadal. Estava entre os pesquisadores que descobriram a fonte hidrotermal no verão anterior. Pediram a ela que desse um nome e a chamou de fonte Enki.

Estava a bordo do navio de pesquisa oceanográfica francês *Pourquoi Pas?*, que carregava também o submergível *Nautile*. Os preparativos correram bem. Seu equipamento de laboratório estava em ordem. Thumbs também tinha vindo para o passeio. Os cientistas eram franceses, britânicos, alemães, suíços, italianos e noruegueses. Ela era inclinada a tratar nacionalidades como estereótipos. Havia britânicos o suficiente para garantir projeções do *Monthy Python's Flying Circus* à noite. Os franceses, ela imaginou, se ocupariam do vinho durante as refeições e distribuiriam cigarros no convés. Os italianos surpreenderiam. De qualquer forma, sentia-se feliz por não estar num barco americano. Os americanos eram mais autocongratulatórios, com menos *bon-vivants*, com pessoas sob as luzes fluorescentes lendo livros de banca de jornal, bebericando água gelada ao longo das noites. Havia uma pressão nos navios de expedição americanos para comprar camisetas feias, ou até moletons, como se um distintivo fosse necessário para provar que você havia tocado o oceano e feito parte da sua própria profissão. Ela se recusava a comprar os itens. Mesmo que os ganhasse de presente jamais os usava, exceto um boné. Ofendia aquelas mulheres americanas que habitualmente se cobriam de trajes de algodão comuns e folgados, que raramente usavam salto alto em suas vidas e que a achavam uma esnobe e uma donzela fria.

Ela era esnobe. Detestava tudo o que fosse vulgar; a vulgaridade era algo diferente. Thumbs acertou quando disse que ela era dois gatos em um: um gato persa e um gato de rua. Embora se vestisse com cuidado e estilo no navio e queimasse neurônios no laboratório, ela havia bebido, brigado e transado nos muitos cruzeiros científicos ao longo dos anos com uma sordidez além da suspeita de seus detratores.

Eles subiram chacoalhando os morros verdes.

— Vamos até onde a água está — disse um dos meninos.

Seu somali estava melhorando; ele entendeu.

Nas nuvens havia uma choupana guardada por um pastor vestindo uma jaqueta de esqui. Gansos voavam, e um dos combatentes tapou os ouvidos por causa dos grasnados. Havia pastos. Água escorria da rocha numa piscina verde com algas.

Era mais fácil fora do calor. Mesmo o menino maluco, o Cobra, ficou mais sensato e não o agrediu com tanta frequência. Lá embaixo, nas terras ermas, estavam aqueles que não sabiam mais onde cavar em busca de água e então deixavam uma vaca amarrada até ela quase morrer, e depois cortavam a corda e a deixavam farejar por água.

O pastor fazia dinheiro extra plantando olíbano para incenso. Não era claro se sua relação com Yusuf estava ligada a esse comércio ou se compartilhavam um passado de pastoreio, mas os entalhes nas *Boswellias serratas* e o cuidado com que o pastor as tratava contrastavam com o cozimento de uma baleia para fazer perfume.

A choupana tinha dois quartos com chão de cimento. As portas e as janelas tinham sumido e havia uma cobertura espessa de poeira e de moscas mortas por toda parte, mas ele podia imaginar um pastor calabrês escondido ali para fugir da polícia. Deve ter sido um italiano quem plantou o cipreste nos fundos da propriedade. Era alto e lançava uma sombra cônica sobre a encosta. James não acreditaria que um cipreste pudesse ter prosperado ali, mas tinha sido bem plantado, num lugar com sombra.

Era diferente da costa. O vento chegava com força de manhã e havia uma tranquilidade no fim do dia: a terra parecia suspirar com a luz evanescente.

Era um morro novo, suave e dividido. A fonte de água atraía todo tipo de animal com sede. Havia caxines, é claro. Causavam uma leve perturbação, seus minúsculos cascos ficando um segundo na poeira. Três elefantes atravessaram. Tinham subido o morro para beber água. Deslocavam-se cautelosamente, quebrando os galhos. Eram pequenos, com presas curtas. Era improvável, mas a natureza era assim. Hipopótamos apareceram em poças, vindos do nada. Ovas de tilápias se agarravam às pernas de aves aquáticas e se espalhavam de uma piscina para outra. A vida se agarrava à vida.

~⁓

James tinha conhecido um velho poeta sérvio na cidade de Nova York. O homem sobrevivia em situação precária, à beira do abismo, e amargurado porque seu bairro iugoslavo tinha se tornado haitiano.

Havia uma quadra de basquete ao lado do seu conjunto habitacional onde os jovens iam jogar.

— Crioulos veados. Eles gritam. São grossos, você sabe. Eu daria uma surra neles com meus próprios punhos... Mas olha só para mim, estou tão velho que quero ir para a igreja, entende o que estou falando?

O som do T parecia vir acompanhado de um z.

Era um quarto pequeno. O homem lhe deu um copo de álcool puro e contou a ele sobre observar o rosto dos soldados ustashes durante a Segunda Guerra Mundial, embora James tivesse ido consultá-lo sobre algo relativo às guerras dos Balcãs nos anos noventa.

O poeta disse que, quando era jovem, estava afastado num canto debaixo de um carvalho num dia de outubro.

— Não podia ter sido novembro, não, era outubro, sabe, era um daqueles dias que não são verão nem inverno, com cogumelos, com amoras. Quando o ustashe levou o tiro, saiu uma espécie de nuvem do rosto dele, você sabe, ou foi da nuca, sim, como um sopro, sim. Lembro que o chão estava molhado, minhas botas estavam molhadas. Não estava quente. Era nas montanhas, perto de Plitvice.

O poeta tinha deixado a Iugoslávia em 1960; seus poemas do exílio o tornaram uma pessoa de certa forma representativa para alguns paramilitares sérvios.

— Acontece que eu não suportava Tito. Ele nos vendeu. Enfim, eu fui chamado. Me pediram para dar um tiro na cabeça de um daqueles ustashes. Eu não podia fazer isso. Quer dizer, eu podia pensar em fazer isso muitas vezes, sim, mas uma arma de verdade, um homem de verdade, não mesmo.

Houve o guincho do último trem elevado, da linha Jamaica, disse o poeta, então um pássaro sozinho na rua e depois mais nada; a quadra de basquete estava vazia. Havia um caderno de anotações sobre a mesa e um lápis bem apontado.

— É engraçado — disse o poeta — como as coisas dão a volta na cabeça da gente. Chamam de ventoinha nas lojas de brinquedo da cidade. Aqui estou eu na cidade de Nova York, mas não estou em Nova York. Eu nasci num reino, o REINO dos sérvios, croatas e eslovenos. Sim, eu vi uma guerra, eu vim para os Estados Unidos, como explicar, eu flutuo, as temporadas de beisebol chegam, vão, a neve vem, a neve vai, dinheiro nunca, mas o tempo está parado para mim, como se cada dia eu batesse num despertador.

Ele jogou as mãos para o alto. Sua linguagem corporal era típica de Nova York.

— Você vem me perguntar sobre o futuro. Esses homens na clandestinidade. A Bósnia. O que eu sei? Eu sou o cara errado, não consigo me mexer.

~⌒~

Segundo o Corão, Alá criou os anjos da luz, depois criou os djins da chama sem fumaça. O homem foi feito de barro e só ganhou o sopro de vida quando os djins desapontaram Alá porque subiram ao topo do céu para espionar os anjos de lá. Mas Alá não afogou os djins ou os destruiu de alguma forma. Permitiu a todos que vivessem paralelamente, coexistindo no mundo.

Os djins podem ver os homens e tomar posse dos seus corpos. Para os homens, é mais difícil enxergar os djins; a terra deles é oblíqua à nossa. Em certas tradições, aquele que vislumbra o rosto verdadeiro de um djim morre de pavor.

Existem alguns sinais indicadores de um djim entre nós. Nos movimentos de olhos ou da fala, ou nos pés, que geralmente apontam para trás. O djim tem uma liberdade de escolha igual à do homem. Eles podem escolher entre acreditar ou não, entre serem bons ou maus. "E, entre nós (os gênios), há virtuosos e há também os que não o são, porque seguimos diferentes caminhos", diz o Corão.

As armas contra o djim maligno são a correção religiosa e a educação, e ambas produzem um rugido de pensamentos que o djim não pode suportar. Por isso, aqueles djins que escolhem pisar em nossa terra preferem ocupar corpos que estão em estado limiar: uma mulher menstruada ou grávida, um louco, alguém incoerente de raiva ou um homem e uma mulher fazendo sexo, quando a consciência é uma lâmina de cobre bem batida, refletindo apenas o momento.

A serpente no Jardim do Éden teria sido um djim com a capacidade de mudar de forma. São culpados pelas manias da noite. Não há concordância entre os clérigos muçulmanos sobre se os djins são físicos ou sutis. Alguns relatos clericais os apresentam como enormes e horrendamente ursinos, com cabelos emaranhados, dentes compridos e amarelos; são os abomináveis homens da neve do Hindu Kush e do Himalaia. Esse tipo de djim pode ser morto por sementes de ameixa ou outros caroços atirados por um estilingue. Clérigos eruditos preferem descrever o djim como uma energia, talvez uma pulsão suscetível às leis da física, que está viva às margens do sono ou da loucura e se expande em outros estados de existência semiconsciente. Uma extensão desse pensamento é que os djins são uma continuação de pensamentos que estavam no mundo antes do homem.

Ele não havia se aproximado nada de Saif. Não ligava para o espaço entre os dentes do homem, suas explosões, e estava determinado a evitar qualquer sugestão de síndrome de estocolmo, em que o prisioneiro desenvolve uma afeição pelo seu captor. No entanto, quando cozinharam pernis de carneiro, foi Saif quem fez questão de que ele comesse e lhe deu chá. Foi Saif quem veio e falou com ele. Sentaram-se juntos e ficaram olhando para a Somália. De dia era possível ver até o deserto de sal, mas à noite tudo isso desaparecia num vazio, sem nenhuma luz.

Foi conduzido numa marcha com Saif e os estrangeiros até uma caverna no alto de um morro. Saif insistiu em entrar na caverna. Os outros combatentes estavam amedrontados demais para segui-lo.

— Vem comigo — disse Saif a ele.

Então ele entrou também.

Havia um poço no centro da caverna.

— Vai direto até o inferno — sussurrou Saif.

Deitaram-se de bruços e se arrastaram até a borda. Saif jogou uma pedra e ela se perdeu, não provocou nenhum som.

— Vamos ver — disse Saif.

Um frescor subia do poço. Em algum lugar no manto da terra, ou em outra província da existência, ou presente numa das algas das paredes, Saif acreditava, havia uma cidade dos djins. James viu um brilho no poço, água caindo, ou talvez algo mais. O que aconteceria se ele se jogasse ali? Em que parte do mundo se encontraria? Assim que pensou nisso foi tomado por uma tontura. Saif, por sua vez, estava descontroladamente agitado. Sem trocar uma palavra, afastaram-se do poço rastejando.

O medo que mais frequentemente acompanha a presença de um djim é o medo de perder a faculdade da razão. Era exatamente o que ele sentia; a rocha cedendo debaixo de si, algo tentando agarrá-lo e girá-lo no ar. Havia vozes, movimentos. Estava assustado e, no entanto, curiosamente feliz, porque o medo não pertencia ao seu cativeiro.

Saif tentou fazer uma oração em voz alta na entrada da caverna, mas tropeçou nas palavras e não terminou o último verso. Os outros combatentes gritavam mais abaixo na encosta. Tinham se convencido de que havia djins remexendo nos ossos ao seu redor. Saif destravou sua arma e desceu o morro. Ele acompanhou; sentia-se como Saif naquele momento, compartilhando a mesma incerteza.

⌒

Saif acreditava nos djins. A CIA era uma agência de djins. O mesmo valia para o verdadeiro empregador de James. Existiam também djins do bem, disse Saif, que sussurravam no peito daqueles que estavam para morrer em combate.

— Sabe, Água, os judeus controlam os djins — disse Saif no dia seguinte.

— Como assim?

— Sempre foi assim. Você acha que os judeus ganham riqueza e poder só com o trabalho? Não, não. O próprio Salomão usou djins para construir o templo em Jerusalém. Se você encontrar uma lâmpada com um djim dentro, verá que as palavras mágicas dentro da lâmpada estão em hebraico, sim, não em árabe.

Se os djins fossem manifestações de pensamentos que estavam no mundo antes da existência do homem — ursinos, monstruosos —, qual seria o aspecto das criaturas dos pensamentos deixados pelo homem?

Fez amor com ela no seu quarto. Colocou-a de joelhos no tapete turcomano. Ela se inclinou para a frente sem se apoiar em nada.

Era sua última noite no Hotel Atlantic. Ele insistiu que ela compartilhasse sua cama. Ela dormiu em seus braços imediatamente. Seu peso estava sobre o peito dele. Não conseguia dormir — culpa da comida, da cafeína, também da despedida —, e, deitado ali, apesar do clima natalino e do naufrágio da noite no navio negreiro, não podia tirar do pensamento seu próprio corpo, como seus músculos continham apenas líquidos.

Ficaram na cama a manhã inteira. Ela o cavalgou ritmicamente. Sentia-se acabada, derrotada; o movimento que os juntou estava prestes a afastá-los um do outro. Era um hotel. Entrava-se, saía.

— Vou nadar no mar essa tarde — avisou ela enquanto se vestia.

— Não sozinha.

— Eu sou forte. Vou ficar no raso. — Ela hesitou, estava nervosa. — E se eu fosse visitá-lo em Nairóbi?

— Não fale isso se não for pra valer. — Ele sorriu, mas ao mesmo tempo pensava: "Ela não pode." — Eu vou levar você para Lamu.

— Eu quero nadar na sua piscina.

Ele partiu depois do almoço. Precisava pegar o Eurostar da noite de Paris a Leeds. O mesmo motorista de táxi o esperava. A mesma Mercedes.

Ela ficou nos degraus. O letreiro do Hotel Atlantic parecia subitamente desajeitado. Ela era uma estranha para ele. Ele não a conhecia. Tudo estava acontecendo ao contrário, o oposto de quando se conheceram na praia. O sol apareceu entre as nuvens de uma forma que até a neve parecia se apagar. Ele descia os degraus de costas. Então algo de estranho aconteceu à luz; as cores mudaram, o jardim ficou azul e ela desceu os degraus e o abraçou e ele a beijou nos lábios com ternura e eles entenderam que estavam apaixonados. Ele a conhecia, a tinha conhecido, a conheceria. Nada estava ao contrário — nem a neve, nem eles —, tudo estava como deveria estar.

Ela o empurrou e cobriu as mãos com as mangas do próprio suéter. Cruzou os braços sobre o próprio peito.

Ele olhou para ela uma vez mais. Absorveu a visão. Ela estava diferente. O espaço entre os lugares havia sido derrubado, as pessoas atravessavam o céu em cabines pressurizadas, mas ela abria outro mundo no mundo.

Entrou no táxi e fechou a porta. Ela acenou uma vez e voltou para o hotel. O argelino o cumprimentou calorosamente e ele respondeu as amenidades, o suficiente para aquecer o táxi.

As estações de trem locais estavam todas cobertas de neve e ele precisou percorrer mais uma hora para uma cidade maior que ficava na linha principal. A certa altura da viagem, encontraram uma subida íngreme e o carro deslizou pela estrada, caindo numa vala. Ele saiu e o empurrou. O carro pegou com facilidade. Seguiu o carro até o alto do morro. Quando estava no alto, o carro à sua frente, as luzes dos freios, o cano de escape, ele se encontrou à beira de um penhasco e viu as ondas do Atlântico quebrando nas rochas lá embaixo.

Poucos quilômetros adiante, seu celular tocou.

— Sou eu, Danny — disse ela. — Eu só queria dizer que já estou com saudades.

— Me deixa voltar.

Ele o teria feito. Ela não respondeu imediatamente. Podia ouvir o vento. Então a voz dela ficou mais clara. Devia ter fechado as mãos em concha sobre o fone.

— Vou para o meu banho de mar agora. Feliz Natal.

— Feliz Natal, Danny.

Na última cena do livro *I havsbandet*, de August Strindberg, um inspetor de pesca arrogante e maníaco, Axel Bord, tem um surto quando se defronta com sua própria mediocridade, algo que ele desprezava em quase todo mundo.

Um navio a vapor está naufragado em Huvudskär, a ilha no arquipélago de Estocolmo na qual ele está lotado. O navio está deitado de lado não muito longe da praia, sua chaminé branca e preta quebrada e seu casco vermelho-alaranjado brilhando como uma besta despedaçada manchada de sangue. Ele está febril, meio louco. Cambaleia ao longo da praia sem árvores, escorregando no gnaisse vermelho que teve seu líquen raspado pela banquisa, e vê figuras sombrias flutuando, contorcidas como vermes em anzóis entre os mastros e as vergas do navio.

Ele vadeia nas águas geladas, as ondas em cima dele, e os braços cheios de crianças em roupas coloridas:

Algumas tinham franjas loiras na testa, outras, franjas morenas. Suas bochechas eram rosadas e brancas e seus grandes olhos azuis bem abertos fitavam o céu negro sem se mexer ou piscar.

Era um carregamento de bonecas.

Existe outro mundo no nosso mundo, mas temos que viver nesse aqui. Águas-vivas que somos, levadas à praia pelas ondas.

Ele sabia que precisava manter a cabeça fria. Havia resistido à síndrome de estocolmo. Era repudiado pelos muçulmanos ao seu redor, que o acorrentavam e espancavam, que o chamavam de "sênior áqua" e, no entanto, o viam como impuro — macaco, rato, sujeira — e não tocariam nele exceto com violência e lhe davam bebida e comida num prato e num copo que eram só seus e considerados sujos e para não serem tocados por mais ninguém e não lhe dariam sequer um sorriso. Cuspia neles quando estavam de costas ajoelhados em oração. Não valiam mais que cuspe para ele. Cuspia neles do mesmo jeito que havia se masturbado na cela em Kismayo, para se revigorar e se distanciar deles. Eram os únicos recursos sórdidos que tinha ao seu dispor.

As cabeças eram fracas. Elas interpretavam mal a religião deles. A jihad os havia algemado. Mentiam para os outros e para si mesmos. Não tinham uma estratégia. Sua escolha era lutar e matar mais inocentes ou serem aniquilados. Era óbvio que escolheriam o esquecimento à rendição. Havia um vazio em suas expressões, que vinha de não terem nenhuma dúvida. Alguns meninos somalis já tinham morrido para o mundo do mesmo modo que Saif. Eram como as terras ermas, descoradas e abertas. Nem mortos, nem vivos. Cheios de cicatrizes.

Gravavam seus vídeos de martírio do lado de fora da choupana do pastor, com o cipreste ao fundo.

Copiavam o culto do Heaven's Gate nos Estados Unidos, o primeiro grupo a documentar suicídios com gravação de vídeo. Seus membros encontraram uma determinação coletiva de tirar suas próprias vidas tendo visitado um parque de diversões mais cedo no mesmo dia. Fizeram seu testemunho em vídeo e saltaram da terra para uma estrela cadente, assim acreditavam, enquanto seus corpos permaneciam em beliches na Califórnia; os corpos, a carne, os cabelos, a nota recém-impressa de cinco dólares que colocavam dobrada no bolso, seus tênis de corrida novos. Morriam em turnos, um ajudando o outro. Os últimos membros não tiveram ninguém para limpar o vômito do fenobarbital e da vodca que tomaram, ou para retirar de suas cabeças os sacos plásticos que os haviam sufocado.

Ele parou. Talvez sofresse da mesma estupidez, talvez tivesse caído numa fenda. Suas histórias sempre acabavam voltando para ritos de morte. O corte de um machado na espinha de um menino.

~⸱⸱⸱⸱⸱⸱⸱

Rodaram por um dia sem parar, e o caminhão os levou a uma cidade na costa ao sul de Kismayo. Estava algemado ao parapeito de madeira de um barco. Navegaram para o sul através da noite e ao longo do dia. O vento estava contra eles. O mar estava agitado. Os pescadores andavam descalços pela embarcação ajustando e reajustando a vela latina. Tinha certeza de que navegavam rumo ao sul para os campos de treinamento da al Qaeda nos pântanos ao redor de Ras Kamboni, na fronteira com o Quênia.

Suas algemas lhe davam folga suficiente para se debruçar sobre a água e receber respingos do mar. Podia também se afastar do sol, mas não podia evitar que o atrito deixasse seus pulsos em carne viva. Estavam longe o bastante da terra para que ele especulasse sobre a profundidade da água. Seus guardas lhe trouxeram um balde para se lavar e desviaram os olhares enquanto ele ia (não existia outra palavra) ao banheiro.

O barco se inclinava com sua carga excessiva. Havia mais homens armados agora, e os pescadores de tubarão, havia cabras, redes e anzóis, um braseiro onde os peixes eram assados e um cesto de arroz, bananas e mangas. O porão estava coberto com os corpos de tubarões de barbatana preta e tubarões-limão.

"Mas, à medida que avançaram", continua Thomas More na *Utopia*, "um novo cenário se abriu, todas as coisas ficaram mais amenas, o ar menos ardente, o solo mais verdejante e até as bestas menos selvagens."

O barco não tinha motor. Havia apenas a poça do oceano Índico enquanto ele progredia, e o fedor dos tubarões e do óleo de tubarão usado para calafetar o casco. Os pescadores estavam no mar havia um mês. Tinham defumado os tubarões e os marlins em fogueiras em ilhas desabitadas, onde também faziam cal do coral, queimando-o a tal temperatura que explodia quando botavam água do mar sobre ele.

Na noite seguinte, sua caganeira foi interminável. Deram-lhe uma lata de Fanta. O céu estava escondido por trás das nuvens. Guiaram o navio para o mar com o cuidado de evitar os recifes e os baixios que encalhariam um barco na lama. O vento começou a uivar. A chuva chegou. Ele deslizou pelo convés e começou a bater nas laterais. Saif e os outros estavam enroscados como insetos prestes a morrer, todos blindados e arrependidos. Ouviu o jorro das suas preces e não pôde deixar de pensar nos discípulos numa tempestade no mar da Galileia. Só existia um único tubarão vivo batendo as barbatanas no convés. A costa estava longe na noite, quente, às escuras, assim como as terras ermas. Não era o inverno cinzento da costa francesa, era outra costa;

na qual durante séculos havia navegado uma mistura mestiça de pescadores de tubarão, comerciantes e clérigos. Os bajunis, mantendo-se próximos às suas ilhas desconhecidas, os somalis, os povos suaílis que iam até o extremo sul em Moçambique, os comorianos, os malgaxes, portugueses e omanis, a frota chinesa, os iemenitas, persas, gujaratis e malaios.

O pirata Edward England capturou o tesouro de um navio de peregrinos que ia para Jidá e o enterrou na costa somali. England cavou um buraco numa ravina seca e escondeu o baú debaixo de uma rocha. Nunca foi encontrado. A tripulação se amotinou e colocou o capitão em terra firme numa ilha deserta ao largo de Madagascar, por conta do seu incomum espírito misericordioso (para um pirata), e England circulou por lá, procurando água e algo para comer. Seu ânimo devia estar muito mais deprimido do que o de um vigarista espancado e deixado numa vala nos arredores de Verona, que, com um ducado costurado na roupa, tirou a poeira da roupa e caminhou de volta dos Alpes a Munique sob o sol da primavera.

Olhou para o mar furioso. Em algum lugar havia o ouro e as joias destinados a Meca, fechados, sem brilho. Sim, a escala das coisas era planetária para ele então, a Somália era poderosa, no entanto apenas um pedaço além do alto-mar, o mar ainda mais amplo; o oceano afundou debaixo de seus pés.

James se apegou à sua bebida, bebeu-a como se fosse a vida. Fanta, fanta, fantasia, fantástica, era néctar de laranja, uma bebida borbulhante de Nova Atlântida, e, embora estivesse em perigo mortal, ou porque estivesse, sentia uma crescente excitação, como se ancorado em *As mil e uma noites*, e o consolou colocar os mareados e sagrados guerreiros da al Qaeda não como um choque de civilizações, mas como um bando de malfeitores que receberia o que merece.

Professora Danielle Flinders, biomatemática, auto-organização era o que constava na sua página oficial do Imperial College na internet. Era uma das principais pesquisadoras mundiais sobre a dinâmica populacional da vida microbial nos oceanos. O microscópico era ilusório e maciço para ela, e suas palestras eram populares porque abrangiam bem além da matemática para incluir biologia, física, geologia; até filosofia e literatura.

Escreveu para ele uma carta na qual reivindicava muito seriamente que um conhecimento da vida microbiana nas profundezas oceânicas era necessário para a sobrevivência humana no planeta:

> Sem esse conhecimento, não seremos capazes de compreender a escala da vida na terra, ou sua capacidade de se regenerar. O fato de que a vida pode existir na escuridão, em meio a agentes químicos, muda nosso entendimento da vida por toda parte do universo.

Era uma cientista sênior, não a cientista chefe. Isso era perfeito. Tinha responsabilidade pelo seu trabalho sem nenhum dos fardos burocráticos do cientista chefe, cujo trabalho era equilibrar as personalidades e as metas daqueles que queriam sedimentar amostras de núcleos, daqueles que queriam a medida completa da coluna d'água ou daqueles que estavam em busca de um peixe particular de águas profundas. Já havia sido cientista chefe uma vez. Foi um desastre. Tinha o cérebro do pai, não o seu charme natural. Era irritadiça. Tinha qualidades, mas não aturava pessoas chatas. Isso era um dos problemas. O outro tinha a ver com indivíduos politicamente corretos. Era negra para eles, carregando o peso da história negra, a magreza da ciência negra, e eles não podiam se dar ao luxo de criticá-la abertamente. Isso havia levado a um problema de comunicação, a um comportamento passivo-agressivo e a recriminações quando a expedição fracassava. Era mais fácil com os franceses. Eles gostavam da sua fluência. Percebiam sua frieza como elegância e ficavam entusiasmados com a intensidade que ela aplicava ao trabalho.

Mantinha-se em forma em Londres e ainda mais no mar. Quando se dizia que ela suava a camisa nos cruzeiros científicos, referiam-se ao castigo que ela dava no saco de pancada na academia do navio. Aumentou sua força cardiovascular. Quando seu trabalho chegava ao fim, ela teria, no passado, se apaixonado por um cientista ou um marinheiro. Quaisquer que fossem os prazeres roubados no beliche, ela terminava o caso assim que o navio chegava ao porto.

Embora a Fanta estivesse quente e ele acorrentado como um cão, e os tubarões no porão estivessem enterrados em sal, havia algo vivo e enorme em estar navegando no oceano, algo sobre a viagem do barco impulsionado pelo vento e nenhuma outra força, e quão liso era o convés, onde sapatos eram proibidos, e as pranchas tinham sido polidas por pés descalços durante muito tempo.

Içar a vela era outra das verdades menores. Havia uma ausência de terra e o balanço. O grito do arpoador que indicava que a baleia respirava. Ele vivia numa época em que não havia mais barcos à vela, não havia mais panos de vela, nem cordas, nem cavalos ou carroças nos portos, enquanto nos superpetroleiros havia freezers do tamanho dos salões de recepção de almirantes, cheios de carnes e frutas; armários de metal com caixas de leite tratado embrulhadas em plástico; que estavam muito à frente dos engradados de água mineral, vinhos, amêndoas, limões, pão seco e todo tipo de molhos para carne salgada nas despensas dos navios do século XVIII.

A tempestade ficou mais fraca. As orações e os resmungos continuaram. Havia o mergulho ritmado dos crustáceos encrustados no casco e um ruído de pranchas cedendo ao peso da água.

Então se fez dia e o sol se abateu sobre o mar. Ele viu as aves marinhas tocarem a crista das ondas, sempre com a asa. Viu um tubarão-baleia, grande o suficiente para engolir um Jonas, comendo e bebendo avidamente a vida que era invisível ao olho nu. Havia marcas douradas nos costados, que os pescadores acreditavam que fossem as moedas jogadas por Alá como recompensa aos peixes por não terem dentes e não terem apetite por carne.

Um relatório recente altamente sigiloso do Exército dos Estados Unidos prevê a morte em massa de africanos nos próximos anos. Os principais pontos do relatório serão vazados para a imprensa e colocados ao lado dos pontos de maior importância de outros relatórios igualmente deprimentes feitos por diplomatas, espiões e cientistas políticos, incluindo aqueles que falam de morte por fome, novas epidemias, mudança climática, infestação de insetos, bolhas de gás metano ou até mesmo por meteoros. Nesse contexto, é um alívio ler de novo os escritos do anarquista russo príncipe Pyotr Kropotkin.

Quando criança, Pyotr serviu no Corpo de Pajens em São Petersburgo; seu pai possuía mil almas na propriedade da família. Pyotr escapou da vida na corte ao se alistar num regimento cossaco na região selvagem do rio Amur, na Sibéria. Depois, como um anarquista no exílio, ele tentou usar um estudo do reino animal para resolver os dois grandes movimentos de sua época: a liberdade do indivíduo e a cooperação da comunidade. A teoria de Darwin sobre a sobrevivência dos mais aptos era brilhante, disse Kropotkin, mas não explicava tudo. A revolução requeria outras considerações.

Kropotkin acreditava na origem pré-humana dos instintos morais, uma ajuda mútua que aproxima os homens:

> Sempre que vi vida animal em abundância, como, por exemplo, em lagos onde uma grande quantidade de espécies e milhões de indivíduos se juntavam para criar sua prole; nas colônias de roedores; nas migrações de aves que aconteciam naquela época numa escala verdadeiramente americana ao longo do Usuri; e especialmente numa migração de gamos que testemunhei no Amur, durante a qual milhares destes animais inteligentes se juntaram vindos de um imenso território, voando antes da chegada da neve profunda, a fim de atravessar o Amur onde ele é mais estreito; em todas essas cenas de animais que passaram diante dos meus olhos, vi ajuda e apoio mútuos levados a um extremo que me fez suspeitar de que se trata de uma característica da maior importância para a manutenção da vida, para a preservação de cada espécie e para sua evolução seguinte.

Em outras palavras, as espécies antissociais estão condenadas. O exemplo de Kropotkin dos cervos atravessando o Amur ainda intriga. Como eles entendiam que sua causa comum era atravessar o rio Amur em grandes números no seu ponto mais estreito? Quantos deles se perderam tentando descobrir o ponto mais estreito? Será que os pássaros deram aos cervos alguma dica? Quando os cervos encontraram o ponto mais estreito, como eles concordaram que aquele era o lugar? Houve cervos que se recusaram a apoiar a decisão? Dissidentes? A ajuda mútua se estende ao homem. No exílio, Kropotkin entrevistou um barqueiro de Kent que arriscou a vida para salvar algumas almas que se afogavam. O que o levou a sair remando na tempestade?

— Eu mesmo não sei direito — respondeu o barqueiro ao príncipe. — Eu vi homens agarrados ao mastro, ouvi seus gritos e imediatamente pensei: "Preciso ir!"

Existem outros exemplos, como o do velho na Carélia que cavou sua sepultura no verão como um serviço para sua aldeia no inverno, quando a terra ficava congelada. Ou a ajuda mútua entre navios comerciais da Hansa no Báltico e no mar do Norte que, se fossem pegos por uma tempestade e acreditassem que afundariam, proclamavam cada homem igual ao outro e todos à mercê de Deus e das ondas.

~~

A estátua de Cristo do Abismo está a quinze metros de profundidade na baía de San Fruttuoso. Mesmo a essa profundidade, o mundo que conhecemos desaparece. O sol parece se contrair e endurecer como a pupila de um olho quando uma tocha brilha nele. A água é azul. O vermelho já é filtrado do espectro; se há um corte, o sangue parece preto.

Aqueles que se afivelam a aqualungs e mergulham fundo encontram algo ainda mais escuro. Eles nadam em suas roupas de mergulho, chamando a base, os pés de pato mal se mexendo. O mar já está se tornando o oceano. Eles olham para baixo e veem um poço. O baú de Davy Jones.

Não pense em nadar lá embaixo. O oceano já está pressionando orelhas, seios nasais, têmporas, a maciez dos olhos e as cordas da espineta por trás da patela dos joelhos.

~~

Trouxeram-lhe arroz e marlim. Bebeu quantidades abundantes de água da chuva. Estava queimado de sol. Disse a si mesmo que ficaria de pé, mas estava encurvado. Era um inglês sem sombra. Era refém de inimigos cujas vidas não conseguia entender, o tipo de personagens que aparecem em desenhos animados sem nenhuma história pregressa; fortemente armados e reivindicando um significado histórico que ele era incapaz de decifrar.

Conseguiu arranjar um pano para cobrir o rosto. Fechou os olhos e viu as patas de um cisne num açude gelado, por baixo, afastando a neve derretida; cisnes brancos no boreal, cisnes negros no austral. Viu a si mesmo mergulhando em sua piscina em Nairóbi, depois emergindo em busca de ar. No delírio, entrou com um veleiro no porto de uma ilha rasa no norte, cuja forma parecia cortada com uma concha de vieira. Era uma ilha fustigada pelo vento com poucas árvores; pálida, com moitas de capim, urze, e um único morro escuro erguendo-se a distância de outra ilha no grupo. O cais de pedra no porto estava cheio de cestos e caixas de plástico laranja para peixes comumente encontradas no norte da Inglaterra e na Escócia, e havia, no fim do cais, uma loja de departamentos estreita feita de arenito local — um prédio na forma de ferro de passar — cujas vitrines opulentas e iluminadas contrastavam com a natureza inclemente e solitária dessa Nova Atlântida.

O torpor reinava. O barco atravessava a água lentamente. Estavam chegando a Ras Kamboni. O Quênia estava a uma curta distância. Com que rapidez ele poderia ir de lá até Lamu numa lancha de corrida. Poderia tomar um banho de chuveiro àquela noite como um homem livre no Hotel Peponi e jantar na varanda com vista para o mar. Caranguejo, salada de manga e vinho gelado. Mas isso era uma fantasia.

Chegaram a uma península e ancoraram a embarcação numa praia em forma de meia-lua que era, em todos os aspectos, o oposto do porto em Nova Atlântida.

Os italianos chamavam a aldeia de Chiambone, os britânicos a chamavam de Dick's Head. Algumas de suas construções eram baixas com telhados de folha de flandres que brilhavam ao sol, outras eram altas como as casas de Lamu, com telhados retos protegidos do sol por coberturas de tecido, multicoloridos à maneira somali. Foi desamarrado. Pressionaram uma arma às suas costas e ele desembarcou e caminhou no seu *kikoi* através de águas insondáveis até a terra.

Obrigaram-no a marchar e o arrastaram até Chiambone. Ele tropeçou e caiu. Riu. Ouviu a si mesmo, como um pássaro ouvindo seu canto debilitado, curioso para saber de onde vinha aquele ruído. Sua risada foi mais como um cacarejo. Podia ser realmente ele? Sentia-se humilhado.

Os becos de Chiambone estavam entulhados e amontoados com os restos de casas caídas. De um esgoto a céu aberto escoava uma água turva, fétida com pelotas de esterco. Havia portas elaboradas ao estilo suaíli e outras eram apenas um pedaço de pano, e famílias se amontoavam em quartos de solteiro, ficando em silêncio enquanto eles passavam, como fizeram os meninos que jogavam futebol de mesa na rua em Kismayo, e tudo isso se repetia como um labirinto, até que chegaram à areia e a um notável edifício colonial italiano à margem da aldeia. Situava-se logo antes das dunas, como uma casa numa história para crianças.

∼⌒∽

O *Pourquoi Pas?* balançou em mares agitados na sua primeira noite ao sair da Islândia. Danny ficou deitada no beliche ouvindo a Quinta Sinfonia de Bruckner com fones de ouvido de alta-fidelidade. Havia uma luz sobre sua cabeça na extremidade do beliche. Os lençóis eram brancos e ásperos: ela sempre trazia os seus próprios.

A cabine cheirava a diesel. Ela se sentiu zonza. Absorveu Bruckner e contemplou o mar da Groenlândia como um poço de orquestra e a Filarmônica de Los Angeles inteira caindo dentro dele. O som mudou e viajou dentro da água como o canto de uma baleia.

<hr />

A casa era construída no modelo de uma planta de Enrico Prampolini, o futurista cujo mural decorava o prédio do correio de La Spezia. Era uma indulgência de um funcionário colonial de Turim que queria deixar uma marca no ponto mais ao sul do Império Italiano. Quando a casa foi construída, devia ser possível pegar um coquetel e se sentar numa espreguiçadeira e ficar observando o oceano Índico. No saguão de entrada havia uma inscrição e partes de um relógio. Tudo mais tinha deixado de existir, exceto a qualidade da construção em si — seu concreto liso, os degraus por todos os lados, a imensa lareira usada um dia por ano, os estêncis de organismos no gesso e as pedras de pavimentação arrumadas no formato de um arlequim, características da policromia de Prampolini. Era arejado, com areia sobre o chão decorado. Havia cabras e ovelhas no pátio. O entupimento da latrina era facilmente confundido à primeira vista por lama amarela. Os homens dormiam juntos num quarto. O telhado era para mulheres e crianças.

Ele foi levado a um quarto em que Yusuf, o Afegão, estava de joelhos, rezando. Quando as preces terminaram, Yusuf ergueu o olhar, bateu palmas e foi até cada um dos seus combatentes e beijou suas cabeças e mãos. James ficou entre Saif e Qasab; Yusuf não deu atenção a ele. Foi conduzido a uma sala contígua, a sala de jantar original, que estava cheia de novos recrutas. Era o cenário usual: armas, caixas de munição usadas como assentos, tal qual na mesquita em Kismayo, comida no meio, peixe, espaguete. Havia uma televisão e uma câmera de vídeo ligadas a uma bateria de carro. Yusuf se opunha a entretenimento público. Televisão era proibido, assim como música pop. Os acampamentos da al Qaeda no Afeganistão chegaram a exibir filmes de ação americanos — John Rambo lutando com os guerreiros sagrados no Afeganistão contra os pomposos soviéticos —, mas esses dias tinham chegado ao fim. Agora, havia discos produzidos por eles mesmos mostrando decapitações e homens-bomba na Somália e no Iraque. Yusuf fazia uma exceção para os clássicos da Disney; adorava *Branca de Neve*, *Dumbo* e o resto. Seu favorito era *Bambi*.

A sala estava cheia: para ele, parecia uma escola. Os novos recrutas eram muito jovens e os outros se comportavam como alunos mais velhos, mandando-os ficar quietos, dando-lhes tapas. Ele se perguntava qual deles iria se voluntariar para ser um homem-bomba. O que eles diriam para justificar a autodestruição? (Queria fazer essas perguntas a Saif, mas ainda não tinha encontrado o momento propício.)

Eles estavam agitados. Mesmo Qasab sorriu e se inclinou quando Yusuf começou a passar *Bambi*. Pararam o filme numa das músicas. As mãos de James foram desatadas e seus pulsos foram cobertos com unguento nas áreas esfoladas pelas cordas. Deram-lhe uma caneta e papel e pediram que escrevesse a letra. Tocaram a música várias vezes. Ele escreveu a letra e passou o papel adiante:

> Na minha canção
> Eu só quero dizer
> Simplesmente dizer
> Que o amor é tão lindo.
> Na minha canção
> Eu só quero também
> Vou dizer para alguém
> Como é lindo o amor!

O filme foi pausado de novo perto do fim, numa cena em que a floresta estava em chamas e Bambi caiu no fogo e foi resgatado pelo pai, o grande cervo príncipe. Ele transcreveu:

"É o homem. Está aqui de novo. São muitos dessa vez. Precisamos entrar bem fundo na floresta. Vamos, me sigam!"

Yusuf ficou de pé diante de uma imagem congelada das chamas crescentes e os incitou a se identificarem com Bambi. Os cruzados eram o homem. A floresta era o mangue onde os fiéis estavam em segurança. Yusuf não se incomodava com o fato de ser uma narrativa americana. Para ele, era puro. Tinha valor religioso.

James olhou ao redor na sala. Os combatentes estavam fascinados. Havia algo mais naquilo. Quando ele entendeu, ficou óbvio. Os rostos estavam banhados em cores da Disney: os mesmos rosa, azul e verde que dominavam os retratos dos jihadistas; com aves canoras voando ao redor dos turbantes, braçadas de flores, armas no colo e sempre ao fundo uma floresta com um céu azul como centáureas e um sol amarelo que tinha sido justamente retirado de *Bambi* como o papel de parede de um computador chinês. Tanto a arte quanto a história os seduzia. Os cruzados queimavam o estado islâmico e Bambi era o combatente inocente, como eles eram representados em seus vídeos de martírio.

As janelas estavam abertas. Os mosquitos estavam logo ali, ao vento. Ouvia-se música da aldeia. Qasab ficou furioso. Ele mandou dois meninos para fazer com que aquilo parasse. Um deles levava uma granada na cintura. Houve gritaria, reclamações. Depois de alguns minutos, os dois voltaram com um rádio quebrado.

Ouviram os zurros de um burro ferido, a movimentação ao redor dele, as armas sendo oleadas e depois nem isso; apenas as ondas quebrando nos recifes.

Os homens de Chiambone estavam pescando atum-amarelo com armadilhas sob a lua cheia. Eles andavam e nadavam com redes e lanças. As mulheres também estavam na praia catando conchas, que vendiam aos negociantes do Quênia, que por sua vez empregavam os meninos que ficavam pela praia para vendê-las aos turistas em toda a costa queniana.

As praias da Somália eram as melhores da África, e essa era muito selvagem, muito bonita, extremamente branca e escorada pelas dunas que davam para o leste. As estrelas estavam todas em sua estação oceânica, as tartarugas botavam ovos, havia peixes de dentes grandes nos baixios e mangues que mantinham a terra seca junta. Havia espuma de ondas e em outros lugares a água não se mexia, quente como sangue e cheia de vida. Ele imaginou a praia salpicada de caranguejos cansados correndo até suas tocas. Quantos caranguejos eram ao todo? Quantas viagens separadas? Viu uma pilha de fragmentos de conchas e de ossos, um monte de esterco que somava dez mil anos de dejetos humanos.

O vento sul soprou. Levantou lenços do chão. Espalhou papel e virou as páginas de um livro de orações aberto. A poeira se levantava dos becos da aldeia. Esgoto escoava dos edifícios até a praia, não mais leitoso, mas verde com ervas daninhas e reações. Molhava um barco de mogno que estava caído de lado.

Ele se lembrou de algo da juventude, como os bretões da antiguidade adoravam o vento sul e dividiam os elementos em flores, fogo, céu, solo, névoa e água doce, mas eram confundidos pela água salgada.

Pensou em muitas outras coisas, coisas mais pessoais. É claro que pensou.

Era consumido pelo desejo de fugir. Ele seria levado no dia seguinte ao acampamento oculto no mangue. Isso significava entrar num local de mártires. Era apenas o senhor Água para eles, uma curiosidade, e, no entanto, sabia demais. Iam vigiá-lo.

Suborno? Tiroteio? Precisava tentar. Mas havia combatentes dormindo de cada lado da porta, havia guardas no andar de baixo, a noite estava enluarada e ele estava tão fraco, ficar de pé era difícil, precisava de cuidados médicos e, além do mais, estava atado das mãos aos pés e só por acaso tinha a vista futurista da janela.

Dois esquifes apareceram na baía de manhã. Foi jogado num deles. Uma refeição de milho e espaguete foi acompanhada de mangas e mamões secos, peixe enlatado, carne de tartaruga, remédios, mosquiteiros, velas, querosene, combustível, facas, armas, munição e explosivos: até mesmo a menor jihad precisava de provisões. O cenário era somali — os combatentes se apertando, os lenços, os dentes, emoldurados por mares e pântanos com matagal ao fundo; no entanto, ao romper da luz, os barcos contrastavam com o céu mais escuro, e choveu, prata por toda parte. Era maré alta e, quando saíram em alta velocidade, a baía e Chiambone pareciam o cinzento Tâmisa e Londres durante a Festa de São Miguel. O cativeiro era uma humilhação, era também uma solidão que o fazia querer ver algo diferente à sua frente. Entraram numa laguna e o calor tropical o golpeou. Aceleraram os motores de popa Yamaha (comprados ou roubados do Captain Andy's Marine Supply, em Mombasa) e seguiram trepidando sobre as águas como esquis no gelo; depois, passando por canais de maré, por um riacho, por outro, em direção ao acampamento escondido no pântano. O ar ficava cada vez mais tenebroso e pesado. Os motores foram levantados e os homens usaram varas para fazer os barcos avançarem. A certa altura, os combatentes pularam dos esquifes e os puxaram para um banco de areia num canal. As raízes do mangue ficavam abaixo da linha da água na maré alta e expostas na maré baixa. Eram tubulares, pareciam vivas. Assemelhavam-se a mãos de bonecas estendidas, horrorizadas. Assim como no uadi, eles se preocupavam com os americanos. Procuravam ficar fora de vista debaixo dos galhos. Tio Sam não sabia nada, Tio Sam via tudo.

Seguiram riachos mais estreitos, como capilares, até uma ilha rasa que tinha um ponto de travessia de elefantes vindos da terra firme. O acampamento ficava onde o fosso era mais fundo. Tinha sobrevivido aos etíopes e a rajadas de metralhadoras e bombardeios americanos, mas havia sido abandonado e ocupado por caçadores-catadores bonis na margem norte de sua extensão.

Vários homens bonis estavam diante deles. A primeira impressão de James não foi de um povo paradisíaco, mas de crianças que se tornaram selvagens.

Riram quando Saif lhes perguntou sobre a pesca.

— Nós não pescamos! — respondeu um deles em suaíli. — Somos bonis! Nós caçamos!

Tinham cavado poços no solo arenoso. Animais caíam neles e os bonis os espetavam com lanças.

— Tem espaço para vocês aqui — disse outro. — Tem caxines. Tem porcos. — Porcos! — gritou Saif. — Quem ele acha que nós somos?

Se os antigos caçadores-catadores bonis são de alguma forma conhecidos é pela versão da ajuda mútua de Kropotkin que praticam com um pássaro que chamam de mirsi. Eles assobiam para o mirsi e o mirsi responde ao assobio. Isso leva os bonis ao mel selvagem nas árvores do matagal. Os bonis trepam nas árvores e fumegam as colmeias, retirando o mel e os favos de mel, deixando para o pássaro uma parte generosa de cera e larvas de abelhas.

Os bonis são resistentes a picadas de abelha e exibem pouco sinal de vertigem nos galhos altos das árvores. São um povo antigo, relacionado aos pigmeus twa do Congo. Andam descalços, seu caminhar é peculiarmente firme, partindo da pélvis, muito diferente do passo largo dos somalis, que parte frouxamente do ombro.

Um menino boni atinge a maturidade ao acertar com a lança um búfalo, um elefante ou outro animal grande. Na noite anterior à sua primeira caçada, as meninas dão prazer aos meninos e besuntam suas cabeças com óleo de coco. Se um menino fracassa no teste da caça, terá negado a si o direito de casar. As noivas são caras e têm que ser pagas em carne, peles, açúcar ou dinheiro. O rapto e o estupro das meninas bonis por homens que não podem pagar a taxa do casamento é comum.

~⌒⌐

Ela parou junto ao parapeito. O ar estava frio. O *Pourquoi Pas?* se aproximava da ilha de Jan Mayen. Queria vê-la. Havia sal em seus lábios e vapor em seu suéter islandês e no jeans cor de tangerina. Ela se enrolou num saco de dormir, sentou-se numa espreguiçadeira e abriu a *New Scientist*. Segurou a revista com força contra o vento e leu as últimas novidades sobre nanotecnologia. Quando terminou, assistiu a uma matinê: névoa e mar. As gaivotas giravam sobre ondas frias. Havia pedaços de gelo e icebergs. Havia baleias-piloto nadando nas ondas do barco. Era bonito de ver. Uma orca saltava sob os gansos migrantes. Entrava e saía da água. Cintilava. Ela conseguia ver pela barbatana dorsal que se tratava de um macho, velho e cansado. Parecia perturbado pela agitação do barco. Isso a fez pensar nas mudanças que aconteceram no mar da Groenlândia durante a existência da baleia. Quando nasceu, mal havia embarcações. Não havia submarinos. Não havia motores, buzinas; nenhum barulho produzido pelo homem. Havia muitas focas e peixes na época, ao passo que agora a competição era tanta que a orca era forçada a perseguir gansos na esperança de que um deles caísse do céu.

Os oceanos estavam ficando sem peixes, que eram envenenados e sofriam acidificação. Bem distante das embarcações havia formações sonares e outros ruídos eletrônicos que rompiam a orientação dos mamíferos marinhos. E, se os mamíferos marinhos podiam acabar desorientados de modo a encalhar, o homem também era capaz de se exterminar. O homem mal havia saído da Idade da Pedra e já começava a alterar o fluxo dos rios, a cortar caminho nas colinas e a descartar os materiais que seriam facilmente identificáveis para os futuros geólogos. O antropoceno: uma era geológica marcada por plástico.

Não havia fundos suficientes para a pesquisa oceanográfica. Caso a crise financeira continuasse, haveria ainda menos dinheiro disponível: a expedição ao mar da Groenlândia era para ela a melhor oportunidade de colher dados para os anos seguintes. Havia uma noção deturpada de perspectiva, pensou. O olhar para cima, para a distância. Com dificuldade para as estrelas, nunca para as profundezas. A preocupação com a pele, não com os pulmões. O oceano era imediato demais, familiar demais. Não era preciso uma plataforma de lançamento, bastava se jogar dentro dele: podia esperar.

No entanto, não poderia haver nenhum trabalho sério sobre mudança climática sem a compreensão dos sistemas de vida marinhos. A mudança era real, estava certa disso. A temperatura da água sob o barco, carregada pelo estreito do Fram na Corrente Oriental da Groenlândia, havia subido em 1,9 grau Celsius desde 1910. Isso representava 1,4 grau Celsius acima do aumento durante o Período de Aquecimento Medieval entre os séculos X e XIII.

Ela fazia sua parte. Atuou como proponente e executora do Censo pela Vida Marinha e pelos Ecossistemas Quimiossintéticos em Águas Profundas. Era conselheira em Southampton, no IFREMER e na Instalação de Submersão Profunda em Woods Hole. Acreditava que submergíveis tripulados eram vitais. Eles proporcionavam o salto de imaginação necessário, a conexão humana com a profundeza. Máquinas podiam complementá-los. Centenas de drones poderiam voar bem abaixo do mar, silenciosamente, a toda hora, fornecendo um fluxo constante de informação para a superfície.

Havia também a revolução biológica. Era possível ver criaturas que nunca foram notadas antes, a matéria viva do minestrone, do qual se verificou que apenas uma espécie recém-descoberta de picofitoplâncton nas camadas superiores do oceano tem uma biomassa equivalente à vida dos insetos na bacia do rio Congo. A diversidade era impressionante. Ela estava interessada nos números, na percolação, mas quase por acidente descobriu novas espécies. Supervisionou o mapeamento de seus DNAs, dando a elas um código de barras genético e as colocou no livro da vida (outros o chamam de hard drive da vida). Um dos relatórios que ela coescreveu com Thumbs acabou por acaso reforçando a visão de alguns biólogos de que havia micróbios no mar que eram deliberadamente raros. Esses micróbios esperavam por condições específicas para mudar, tornando-se assim abundantes. Ela considerava esse pensamento muito poderoso. Isso mudou sua ideia do que significava a duração da vida. Um micróbio esperando por um milhão de anos, seguindo um ritmo diferente a cada alvorada e pôr do sol. Qual seria esse ritmo?

O *Pourquoi Pas?* avançava e as escotilhas eram banhadas pela água do mar. O barco inclinou para trás e ela viu como o vidro reluzia por toda a extensão da embarcação. O nevoeiro ficou mais denso. Ela cantou para si mesma:

> In South Australia my native land
> Full of rocks and thieves and fleas and sand
> I wish I was on Australia's strand
> With a bottle of whiskey in my hand

Era uma celeuma que seu pai gostava de entoar. Se o mundo havia esquecido seus cantos marítimos, havia esquecido o mar, seria ainda mais difícil falar da estranheza do que havia sob as ondas.

Passaram pelo banco de névoa e Jan Mayen apareceu com a claridade de uma foto tirada com uma câmera da mais alta qualidade; praias finas, azuis e cinza de augita e piroxênio. O vulcão parecia o monte Fuji, apenas mais fantasmagórico. O cone tossia cinzas. O fogo lá dentro brilhava sob as nuvens. Os minérios de ferro nas encostas, os campos de neve e os farrapos de bruma na extremidade eram o modo sulfuroso de entrar. Olhando para ele, considerando como se lançava ao fundo do mar até chegar a um ponto onde fervilhava de tremores sísmicos e era supurado de magma, ela achou que compreendia o que são Brandão disse quando viu o vulcão em sua incrível viagem no século VI: que este era o caminho para o inferno, a abertura para as regiões infernais que toda alma amaldiçoada deveria tomar.

Tirou um bloco de anotações da bolsa e uma caneta hidrográfica. Começou a escrever uma carta para James. A sensação de escrever para ele era boa. Esses grandes pensamentos eram como icebergs enegrecidos. Mesmo nela, com sua dedicação, eram grandes demais para continuarem presos. E, ainda assim, quanto mais trabalhava neles, menos desesperada se sentia. Esses pensamentos geravam nela um sentimento quase religioso. Não era submissão — ela iria trabalhar —, era um sentido budista de resignação e uma sensação de responsabilidade com sua própria forma viva. Com Danny Flinders. A própria precariedade de sua condição e, de maneira mais geral, da condição humana, tornavam seu corpo e suas escolhas mais preciosos para ela. Era uma incumbência para ela viver plenamente: dar e receber. A ideia de ele estar em algum lugar da África a fazia sentir uma ternura. O que escrevéu para ele foi muito íntimo, deliberadamente contendo pequenas coisas que logo são esquecidas: ela teve um resfriado, conseguiu evitar ter um companheiro de cabine, Thumbs ficou agitado porque estava perdendo um festival de rock e a transmissão ao vivo não estava funcionando, havia excremento de pássaros em seu saco de dormir. Era boa a sensação de escrever com caneta e papel num lugar como aquele, com o humor que estava. Parecia algo permanente.

As cores empalideceram. Estava gélido. A respiração dela era como vapor. Amizades heroicas eram formadas sob o convés, o *Nautile* estava sendo equipado no hangar para seu mergulho no dia seguinte, mas ela estava feliz em permanecer lá em cima por mais um tempo, embrulhada, fitando as águas produtivas, as pardelas, os painhos e os eideres.

Se você for falar da aceleração que há no mundo, é preciso falar dos avanços do poder computacional. Recentemente houve um dia importante no qual um computador no Laboratório Nacional de Los Alamos, no Novo México, atingiu a velocidade petaflop. Um quatrilhão de cálculos por segundo. Como conceber tal medida? Se déssemos uma calculadora de bolso a todas as pessoas do mundo e pedíssemos que somassem por seis horas por dia, levaríamos até o século XXIV para alcançar os cálculos que um computador petaflop consegue executar em um dia.

O exaflop é o passo seguinte na história da computação: um quintilhão de cálculos por segundo. Depois o zettaflop, yottaflop e o xeraflop. O objetivo nada mais é do que desacelerar o tempo e colonizá-lo. Obviamente, um computador petaflop usa mais eletricidade que a rede elétrica de uma cidade africana. E existe também o problema de se fazerem perguntas úteis para ele.

A areia em volta do campo era cheia de espinhos. Havia longos espinhos de acácia e espinhos arredondados com pontas feito cargas de profundidade. Mesmo de chinelos, seus pés eram perfurados a cada passo.

Um dos bonis colocou um rifle britânico Enfield e uma submetralhadora soviética PPS no chão, junto a algumas balas e tiras de carne-seca. O boni chamou uma de suas crianças. Ela não conseguia comer. Sua barriga estava inchada e a pele infestada de feridas ao redor dos tornozelos e dos calcanhares. Quando o homem implorou por socorro, Saif fez com que o espancassem com varas. Uma perna quebrou depois de um golpe e a surra foi encerrada. Era estranho: Saif queria ver um djim, mas se recusava a olhar o boni nos olhos.

— Vocês não são bons muçulmanos — disse Saif a eles. — Veneram árvores. Comem porcos. Não são bem-vindos na nossa ilha. Precisam ir embora.

Os bonis permaneceram inexpressivos. Não havia medo, raiva ou amargura aparente em seus rostos, somente a resignação dos escravizados. Partiram rapidamente com o caçador ferido e suas poucas posses: arcos e flechas, lanças, potes e tapetes de palmeira. Uma mulher recolheu uma trouxa de roupas e a amarrou às costas, enquanto as mulheres mais novas carregavam as crianças. Os jihadistas lhes deram querosene e açúcar.

James falou em favor dos bonis e levou um soco no rosto. Talvez tenha sido por ele ser uma testemunha da maldade, ou talvez tenha sido o olhar rude que lançou para os calos cor-de-vinho na testa de um dos paquistaneses, no ponto onde o jovem bateu com a testa no chão em sua oração. Talvez tenha sido só porque o moral andava baixo.

Não era verdade que os jihadistas fossem autossuficientes e não precisassem de nada além de um tapete para rezar. Levavam consigo grandes esperanças para esse campo onde houve tantos mártires antes deles. Esperavam mais. Os rapazes de Mogadíscio ficaram especialmente desolados. Tinham visto um documentário numa cabana sobre o Exército britânico e convenceram a si mesmos de que a jihad possuía tais instalações. Em vez de um vestiário com chuveiros e um refeitório, havia apenas cabanas destruídas e tetos desabados com a água a uma caminhada pelo mato que não era aparado.

Havia um baobá no centro do campo que fornecia sombra e abrigo da chuva. Ele recebeu ordens para fazer seu próprio abrigo sob a árvore. Pegou os troncos do mangue, afundou-os na areia e pendurou o mosquiteiro. Construiu um teto com palmeiras e fez um buraco na areia. Estava preso novamente dentro da rede, mas com tamanho comprimento de corda que conseguia rastejar livremente e ver o movimento do campo.

Os primeiros dias foram passados consertando as cabanas, abrindo caminhos no mato, recolhendo lenha e cavando latrinas. Foi difícil. Colocaram sacos de areia na cabana principal, usando sacos de comida doados cheios de areia molhada. Em cada um dos sacos havia estrelas e listras e as palavras *Presente do povo dos Estados Unidos da América*.

Um combatente caiu numa armadilha boni e foi enviado de volta a Chiambone com um fêmur quebrado. Havia uma infestação de moscas e de escorpiões. Dormiram ao ar livre sobre folhas de plástico e sob mosquiteiros. A oferta de comida era escassa. Tinham farinha de milho, peixe e caranguejo. O espaguete era racionado.

Penduraram uma foto de Osama bin Laden. Seu corpo estava submerso, mas permanecia vivo para eles. Divertiam-se com jogos num laptop, incluindo um no qual se lutava contra cristãos na Terra Santa do século VI. Treinavam com granadas e explosivos lançados por foguetes. Treinavam com facas. Não havia sinal de celular; a única conexão com o mundo era por barco a motor.

Dias se passaram. Semanas. Babuínos cercaram o campo. As fêmeas tinham o traseiro vermelho para contrastar com os testículos azuis dos colobus machos. Ele assistia aos babuínos indo e vindo, brigando por frutas e restos. Estudava suas personalidades. Dera-lhes os nomes de seus captores. Eram cães-humanos; mijavam feito cães, mas seus rostos eram de humanos.

~~⁓~~

Foi o explorador polar francês Jean-Baptiste Charcot quem, em suas muitas expedições ao mar da Groenlândia,* descobriu que a temperatura da zona hadal é de quatro graus Celsius uniformes no mundo inteiro. Sua única virtude é a constância. Seus processos são uniformes. A água fria atravessa a rocha, é superaquecida e jorra pelas chaminés das fontes hidrotermais. Ela dissolve minerais e metais na rocha e, dessa maneira, fornece os ingredientes para a vida química no que caso contrário seria uma noite mortal, visitada apenas pelo material que vem do alto.

Até a descoberta das fontes hidrotermais nas ilhas Galápagos em 1977, os cientistas presumiam que a vida na terra fosse fotossintética e pertencesse à superfície. Era o contrário: a vida fotossintética surgiu depois, quando as células se dispersaram até chegar ao topo, onde foram cozinhadas por milhões de anos antes de desenvolver uma maneira de absorver a luz, e durante todo esse tempo a vida quimiossintética nas zonas abissais desenvolveu uma estabilidade pela qual não podíamos esperar.

As fontes hidrotermais são apenas uma pequena parte disso. Em fissuras, fendas, frestas e rachaduras; no pus vulcânico, em todas as tramas fantásticas das profundezas, há protistas que gostam do calor ou hipertermófilos, arqueias, fungos

---

* O barco de Charcot, o *Pourquoi Pas?* original, afundou na costa da Islândia em 1936, fazendo com que ele se afogasse junto a muitos de sua tripulação.

e especialmente bactérias, e que juntos constituem a forma de vida mais antiga do planeta. São quimiossintéticos e não precisam do sol. Vivem de hidrogênio, dióxido de carbono ou ferro. Excretam metano, ou o ingerem. Alguns respiram ferrugem para produzir ferro magnético. Alimentam-se do que é anaeróbico e do que não está mais vivo. Ao colocá-los numa placa de Petri, multiplicam-se até formar uma colônia visível a olho nu. Caso se fixe neles, eles mudam o modo como vemos a nós mesmos. São os trabalhadores braçais, incondicionais, dinâmicos: a base. Menos de um por cento foi identificado, eles fazem parte de você. Você carrega um peso deles na sua barriga e na sua pele.

A vida microbial das profundezas existe nos lugares mais estranhos, onde os vermes vivem em tanques escaldantes e têm as costas cobertas por micróbios que são mais extraordinários que aqueles que vivem nos nossos cílios.

Na noite branca do quarto dia depois de partir da Islândia, o *Pourquoi Pas?* ancorou sobre o submundo que procuravam. Enki era o campo de fontes hidrotermais mais ao norte até então descoberto, com alguns dos maiores depósitos de sulfetos registrados. A temperatura da água que jorrava de suas chaminés era de trezentos e noventa e nove graus Celsius. Havia provas da existência de um ciclo de vida quimiossintético, com bactérias que se alimentavam de ácidos em sua base, subindo até chegar a poliquetas, mexilhões brancos e outros bivalves. Era extraordinariamente grande e antigo. Mais que isso não estava claro. A expedição de 2011 havia descoberto o campo próximo ao ponto onde as cordilheiras submersas de Knipovich e Mohn se juntavam depois de arrastar um sensor CTP (C significava condutividade; T, temperatura; e P, profundeza) atrás do barco em padrões de dente de serra. O sensor buscava anomalias. Quando as encontrava, recolhia uma amostra da água, que então podia ser analisada em busca de níveis indicativos de hidrogênio dissolvido e metano oxidado por micro-organismos na coluna aquática. Seu desafio em 2012 era raspar de alguma fissura um material mais abundante, de consequência matemática.

Os primeiros mergulhos programados em Enki eram de orientação e mapeamento. Os seguintes eram para os geólogos. Os mergulhos para os biólogos e matemáticos aconteceriam perto do fim da viagem. Havia várias equipes de biólogos. O grupo evolucionista trabalhava na extração de DNA. Outro procurava por vírus; queriam descobrir como, em sua doença, eles se espalhavam de um campo hidrotermal a outro. Os astrobiólogos franceses e suíços com quem Danny estava trabalhando de perto vinham coletando amostras em nome da Agência Espacial Europeia. Tinham a esperança de identificar novos micro-organismos. Claude, o líder francês da equipe, tinha apostado que encontrariam vida nos oceanos de metano de Titã enquanto ele ainda estivesse vivo. Ele sentia que a busca por vida extraterrestre era comprometida pelo chauvinismo da superfície: olhava-se apenas para o exterior de planetas, luas e rochas, e não para as profundezas, para o meio das rachaduras, onde tinham maiores chances de serem encontradas. Ela concordava. A fixação do homem por fachadas, pela aparência exterior, era outro motivo por que não havia um interesse maior pela oceanografia.

Ela adotou uma visão otimista. A vida microbiana era persistente. Fervilhava até mesmo em poços e cavernas. Vistas de perto, as rachaduras no solo marítimo eram como as tramas gravadas em placas de metal. Ela acreditava que algumas delas desciam por até oito quilômetros para dentro do manto e eram atapetadas por uma densidade de vida microbiana que, aliada à biota abissal, representava mais que toda a vida fotossintética na superfície do planeta junta. Para provar sua tese, ela teve que criar métodos para contar os metanógenos, os redutores hipertermófilos autotróficos de ferro e os estados e as ligas peculiares de arqueias e bactérias. Também tentou identificar o limite que separava a parte viva de onde não havia vida para entender a percolação entre existência e não existência.

O que estavam fazendo no mar era o início. Assim que ela e Thumbs voltassem a Londres, reuniriam os dados e enviariam problemas — de complexidade matemática, os níveis de hierarquia que estabeleciam a ponte de um micróbio a um ecossistema — a equipes de biomatemáticos na Espanha e nos Estados Unidos.

O *Nautile* foi preparado durante a noite. Submergiu pela manhã. Um alarme soou no barco à tarde, quando ele fazia o caminho de volta à superfície. As pessoas saíram ao convés. Tentavam adivinhar onde seria a gestação nas águas. O *Nautile* parecia pequeno e dramático a distância. Branco e azul, uma peça de cerâmica. Mergulhadores partiram a toda velocidade em botes infláveis na direção dele. Mergulharam e o firmaram, de modo que pudesse ser rebocado de volta. Depois de feitas as verificações, uma equipe de três pessoas emergiu, cansada e triunfante, através da escotilha. Seu sucesso inicial era menos científico e mais humano. Tinham retornado. Muitas vezes se via uma expressão de espanto. Alguns dos cientistas balançavam a cabeça: haviam ascendido como Orfeu da sopa que continha a magnitude das espécies e que seria o santuário da vida na terra pelo tempo em que ela continuasse girando, primitiva, consistente e constante, oferecendo proteção contra chamas solares, radiação nuclear, cometas e outros crimes humanos ainda desconhecidos.

Um ogadeni se ajoelhou do outro lado do mosquiteiro, cutucando-o com uma vara como um animal no zoológico e observando-o com atenção. Ele o encarou também. Viu o deserto nos olhos do homem. Eram os olhos de um pastor de camelos que sofria de uma doença nos rins, não cristalinos e rápidos, mas ofuscados, remelentos e avermelhados por anos bebendo água lamacenta, leite de camelo e urina.

Ele se virou. Não conseguia dormir por mais de uma hora de cada vez. Às vezes o céu girava. Sentia-se nauseado. Sempre rastejava para fora da sombra do baobá. Achava que a árvore estava caindo sobre ele.

Estavam ali havia meses àquela altura. Os dias se confundiam. A podridão do seu mosquiteiro o deixava enjoado e o calor era excessivo e lá fora havia pontos que se mexiam, os mosquitos zunindo à noite. Não conseguia encontrar uma resolução para sua raiva. Estava perdendo a determinação, perdendo o senso de si próprio, de sua história. Sua capacidade de resolver problemas diminuía. Ninguém se importava com ele.

Ele era mesmo um cachorro. Todo dia recebia ordens para sair e receber sua refeição. Dependendo do humor dos combatentes, ajudavam-no a atravessar o acampamento ou então lhe davam pancadas e gritavam com ele. Aprendeu a identificar a linguagem corporal e, quando um deles se aproximava rapidamente, ele se encolhia para se proteger. Durante uma sessão de chutes, um verso de uma música se repetia:

Like some cat from Japan.

Ela deu uma festa no laboratório certa noite. Thumbs escolheu os discos e os colocou em sua vitrola; rock clássico, depois funk. Ela moeu os grãos de café.

Os colegas perambulavam pelo local e trocavam docinhos recém-assados por xícaras de café. No começo, a conversa girava na maior parte do tempo em torno de música. Não se discutia política; os cientistas parecem existir levemente fora de seu tempo nesse sentido. Quando o álcool fez efeito, surgiu um comentário geral sobre o metabolismo microbiano, os cagadores de hidrogênio, e sobre o que isso poderia significar para uma nova geração de células de combustível e o cálice sagrado da energia limpa. Falou-se da zona abissal em si, de suas fossas de carbono com salpas e se a poluição podia ser extraída do ar e injetada lá. Muitas vezes voltavam às mudanças climáticas, pois havia fundos de pesquisa disponíveis para isso e estabilidade no trabalho para qualquer jovem acadêmico brilhante capaz de transformar as vastas profundezas num motor ou num depósito de lixo. Ao som de funk, outra virada na conversa tratou do transporte vertical no oceano global, ou VERTIGO na sigla em inglês. Mais especificamente sobre como monitorar as correntes oceânicas usando elementos como o tório, que se prendia à neve marinha e decaía num ritmo constante.

Então, Thumbs começou a falar para o grupo.

— Coloquem-se no futuro — disse ele. — No espaço. Vocês são investidores do ramo imobiliário. Encontraram um planeta a uma distância decente de um sol. Vocês compram o lugar. Agora precisam animá-lo. Vocês colocam ar, água e vida microbiana. Como dar a ele uma aparência de vida? Você precisa voltar ao básico; escavar lagos, pântanos; colocar grama nas colinas, plantar carvalhos, montar bosques, vinhedos; introduzir cervos e raposas.

— Que tipo de casa construiríamos?

Thumbs levantou a mão e botou um pouco de álcool para dentro.

— Romanas, definitivamente. Uma casa de campo do tipo que se encontrava na Inglaterra do século III; piso em mosaico, banheiras, lareiras. Vocês teriam móveis da era espacial também, é claro, além de terra descendo até um riacho e estábulos cheios de cavalos.

— Sem carros?

— Sem carros. Esse planeta seria vendido como um lugar aonde se vai para desacelerar. Você chega do hiperespaço, se ajeita, recebe sua transfusão, ou seja lá o que for, depois troca seu traje espacial por uma toga e cavalga para casa por uma estrada romana de paralelepípedos, em meio a florestas e por campos sob luas gêmeas. O efeito outonal, o gelo e o resto seriam apenas controle climático.

Ela ficava bem feliz em noites como essa, quando a ciência parecia um empreendimento compartilhado, não um quebra-cabeça de vaidades. Thumbs continuava trocando os discos, diminuindo o ritmo. Quando chegaram ao acid jazz, abandonaram a conversa.

Passaram a noite inteira trabalhando com os assistentes do laboratório. O *Pourquoi Pas?* havia ancorado ao norte de Jan Mayen, logo acima do campo Enki. Era uma noite de tempestade. Chovia e nevava em meio ao sol da meia-noite. Eles foram jogados de um lado para o outro, mas os instrumentos e os computadores estavam aparafusados às mesas de madeira e amarrados com corda elástica, e nem um só botão se moveu que não por conta própria.

Eles se revezaram para preparar as amostras recolhidas pelo *Nautile*. O tratamento era mecânico. As raspagens eram macias, esbranquiçadas e fediam a ovo podre. Os fluidos das fontes foram recolhidos por meio de garrafas de titânio, que não eram corroídas. Cada garrafa tinha um tubo e um gatilho, que podia ser ativado de dentro do submersível.

Usaram um espectrofotômetro para testar a absorção de luz nos sulfetos, e um microscópio mostrou as cidades amarelas apinhadas nas lâminas de vidro. Faziam suas próprias culturas quantitativas e utilizavam os microscópios, as microssondas e os espectroscópios que os astrobiólogos empregavam. Aquela era a verdadeira finalidade da matemática.

Ela terminou o trabalho às três da manhã. Dormiu algumas horas e depois correu e fez exercícios com o saco de pancada na academia. No brunch, comeu torrada, massa e uma maçã e depois seguiu para uma reunião com os outros cientistas seniores na ponte de comando para especificar a carga útil científica de cada mergulho.

Estava distraída; havia algo como um secador de cabelo soprando ar quente pela porta onde estava parada. Ela continuava olhando para o mar através das janelas.

Quando a reunião acabou, ela permaneceu na ponte e estudou os mapas submarinos do mar da Groenlândia. Eram fictícios. As sondagens eram imprecisas. Mesmo com suas linhas desajeitadas de contornos revertidos, os mapas fracassavam em capturar a profundeza do oceano, o dia gasto mergulhando dentro dele.

Odile é uma antiga novela do escritor francês Raymond Queneau. Odile espera pelo marido, Travy, nas docas em Marselha quando ele retorna da Grécia. Travy olha do convés do navio para todos os pedaços do porto empilhados e finalmente a vê na barricada atrás da cabine da aduana, entre prostitutas e carregadores.

Viver na França dos anos vinte, como faziam Travy e Odile, era mais difícil do que perseguir seu próprio rabo ou se equilibrar sobre a cabeça de um alfinete. Muitas vezes as pessoas iam para a cama com fome. E, mesmo assim, Travy se apaixonou de verdade por Odile. A história terminava e o garoto começava a viver. Ou melhor, começava a viver outra vez.

A cena no convés em Marselha seria bem diferente se Queneau a escrevesse hoje. De fato, não poderia escrevê-la da mesma maneira. Seria um voo de Atenas para Paris. Uma companhia aérea de baixo custo, não uma de verdade. Haveria menos tensão e uma sensação reduzida de chegada. Travy sairia pelo portão de embarque no Charles de Gaulle. Ignorando os motoristas dos táxis e os policiais, ele seguiria as indicações que ela lhe enviaria por mensagem de texto e os dois se abraçariam perto de uma banca de jornal mais além.

O mosquiteiro era a única barreira entre James e os macacos. Um colobus segurou a rede com seus pequenos punhos e começou a rasgá-la. Ele derrubou o macaco e ficou surpreso com sua fragilidade, com o pouco peso que tinha.

Refletiu sobre a violência em sua vida. Não a violência de sua juventude, em operações de combate, mas em seu mais recente trabalho de inteligência. Ele não era como mais ninguém. Tinha rostos diferentes.

Você bate rápido e com força. Uma sequência de socos era melhor. Havia lidado com dois mercenários galeses que queriam vender armas para jihadistas somalis. Um era de uma aldeia de mineradores, o outro da extração somali. Em vez de seguir os procedimentos, ele encontrou um ugandês para dar uma surra nos homens e esfregar areia em seus olhos. Ele os enganou, fazendo-os pensar que aquilo era obra dos jihadistas.

Não era mais seguro viajar para Chiambone: disseram-lhe que Yusuf tinha ido para o Quênia e de lá para a Tanzânia. A água se tornou um problema no acampamento. Os filtros estavam quebrados. Não havia mais iodo. A água do poço era fervida. Ainda assim, era vomitada. Sugavam as frutas doces e bebiam leite de coco, mas não saciavam a sede. A água da fonte servida em canecas de metal na cabana do pastor no deserto era um luxo de uma vida passada. A esperança era sempre que chovesse. Os aguaceiros os salvavam. Quanto mais sede sentiam os combatentes, mais solícitos se tornavam. "Como podemos armazenar a água da chuva? Como a mantemos limpa?" Ele lhes dava a resposta. Quando a chuva preenchia as cisternas improvisadas, ele gritava até que o amordaçavam. Era patético. Sua raiva era ridícula. Mas eles eram tão pueris. Tinham ambições de dominação, mas não conseguiam se alimentar. Eram como hienas numa história africana, que se amontoavam até o céu, uma sobre a outra, porque lhes disseram que a lua era um doce que podiam alcançar e comer.

O cinzento Tâmisa, o poço do djim, sua piscina em Muthaiga — havia também Winckler, o espião francês com quem cooperou, parado ali, piscando para ele. Winckler? Não havia nada a ser lembrado naquele homem. Tinham se encontrado em bares movimentados de Nairóbi e de outras capitais africanas. Seus negócios eram conduzidos rapidamente. Winckler sempre insistia em comprar garrafas de cerveja. Foi Winckler quem o fez voltar a fumar. O que mais? Winckler chiava. Tinha um tique facial que fazia suas pálpebras tremerem. Pontes dentárias amarelas. Não havia mais nada. Era como os russos esqueléticos. Não havia um motivo. Winckler nadando, Winckler debaixo d'água; lábios cinzentos e carnudos, dentes deformados, um peixe abissal com uma lanterna vertendo bioluminosidade onde antes ficava sua testa calva.

Certa vez ele olhou para cima e viu um avião comercial voando estranhamente baixo. Parecia uma aeronave da Yemeni Airways. Provavelmente se dirigia a Saná. Só de sentir o mundo se movendo em torno dele já lhe parecia muito importante. Tentou lembrar como era ser uma criancinha e todas as pequenas coisas que sua mãe havia feito por ele e das quais tinha se esquecido. Hora de dormir outra vez, muito mais cedo: alimentava-o, dava banho, lia para ele, deitava ao seu lado até que pegasse no sono.

Era levado ao riacho para que se lavasse às noites. Observava os meninos pegando caranguejos nas margens. Eram pesos--pena, mas ainda assim afundavam até o quadril na lama macia. Levavam consigo longas varas com ganchos e as enfiavam nas tocas dos caranguejos. Puxavam rápido quando um caranguejo atacava a vara. Um só puxão, sem deixar o caranguejo cavar mais para o fundo. Seguravam os caranguejos pelas patas de trás. Era uma das únicas vezes em que os via sorrir, segurando os caranguejos longe do corpo e os vendo beliscar o ar.

Era enfim o homem com ossos feitos de névoa que não conseguia encontrar margens sólidas. Havia moscas, um zumbido de besouros. Queria acabar logo com isso e colocar a cabeça na água. Era silencioso. Imaginou os combatentes na água. A maioria deles não sabia nadar. Seguiriam às cegas, se debatendo, sem chegar a avançar, seus pênis ficariam pequenos e enrolados como cavalos-marinhos e a água entraria quando abrissem a boca.

As cinzas de uma fogueira queimavam sem força no escuro. Ele viu bocas se mexerem. Uma exclamou, outra lhe disse para fazer silêncio. Houve disputas teológicas. Houve contos sobre mártires.

Certa noite, permitiram que ele se sentasse com o grupo enquanto Saif contava a história de como o xeique Ahmed Salim Swedan foi morto num ataque aéreo americano ao Paquistão. Que as bênçãos de Alá estejam sobre ele.

Ele sorriu. Swedan era um queniano que tinha uma empresa de transportes em Mombasa e havia sido recrutado pela al Qaeda por meio de um time de futebol controlado por Usama al Kini. O time mirava nos jovens de famílias pobres — frustrados porque não tinham trabalho nem dinheiro para se casar.

O hangar era grande o bastante para acomodar um helicóptero. O *Nautile* ficava numa armação dentro dele. Rock francês tocava a todo volume.

Era a vez dela — mergulharia pela manhã —, mas hesitou e deixou a tripulação seguir em frente. O *Nautile* mergulhava cem vezes por ano. Os preparativos se tornaram rotina. O submergível era lavado com água doce para reduzir a corrosão, depois tudo era verificado metodicamente: válvulas, rádios; o computador carregado, as boias presas, por fim a carga útil científica em cestos, garrafas de snorkel, câmeras, dispositivos de imagens termais e o braço robótico que se estenderia para raspar uma amostra. Quando testaram as luzes da embarcação, era como um óvni aterrissando no hangar.

— Professora Flinders? Estamos prontos agora.

Ela examinou a carga útil. Tinha sua lista de checagem. Verificou-a. Quando terminou, sorriu.

— Perfeito! Obrigada.

Ela os presenteou com algumas garrafas de vinho e eles saíram do hangar e beberam e fumaram juntos. O céu era como um tesouro, riscado de ouro. Fizeram um churrasco. Grelharam os peixes que foram fisgados com as linhas com anzóis penduradas nas laterais do barco. Ela comeu um filé de salmão com salada e baguete e jogou tudo para dentro com vinho. Todos falavam inglês. Um cientista norueguês servia doses de um destilado de origem escandinava. Ela podia se apaixonar por alguém num momento como aquele; no Ártico, tão espaçoso, tão relaxante. Mas se sentia como metade de um todo e não tinha mais interesse.

Estava concentrada: nas horas em que estava debaixo d'água, queria seu raciocínio o mais aguçado possível.

Havia uma alavanca vermelha sob o piso na parte de baixo da embarcação que, quando puxada numa emergência, fazia com que as boias e o equipamento fossem descartados e a embarcação fosse impulsionada para a superfície. Não era um passeio no parque. O *Nautile* podia ficar preso. Podia quebrar. Se isso acontecesse, pensou, ela seria erguida pela água que entraria no submergível e pressionada ao topo da esfera. O frio ativaria nela o mesmo reflexo mamífero de mergulhar encontrado nas focas. Seu coração desaceleraria, o sangue seria vertido na cavidade torácica para evitar que seus pulmões entrassem em colapso e o instinto de abrir a boca para respirar significaria a morte, com toda a certeza. Ela abriria a boca e sua laringe se contrairia. Seu nariz e sua boca ficariam cheios de água. O laringoespasmo não relaxaria. Seus pulmões se fechariam e ela morreria de afogamento seco por acidose e hipoxia, a cabeça jogada para trás, olhos vítreos e apavorados como uma boneca.

Saif criou o hábito de deitar ao lado de James à noite e falar com ele. O comentário mais eloquente que fazia era sobre os planos de construir o edifício mais alto do mundo em Jidá.

— Você já esteve em Nova York?

— Sim — respondeu James.

— Pois vai ser melhor. O dobro do tamanho das Torres Gêmeas! Será de uma pureza nunca antes vista. O islã e o futuro irão se misturar no céu. Os elevadores vão tocar versos religiosos. Você pode assistir ao pôr do sol no térreo e depois pegar o elevador até o topo e ver o pôr do sol de novo.

Na maior parte do tempo, Saif falava de martírio.

— Espero morrer em breve — comentou ele, chupando uma casca de manga. — Será algo bem-vindo. Espero que matem você também. — Saif se virou para ele. — É por isso que quero convertê-lo ao islã.

— Não — disse James, firme.

Não havia nenhuma possibilidade de se converter. Não era só uma questão do islã, mas do modo como a vida era construída. Um homem vivia seus 70 anos, menos que uma baleia, menos que um peixe-relógio, e o único meio de aceitar sua mortalidade era participar de algo que viveria além dele; um campo sem pedras, uma joia, um monumento, uma máquina. Todo homem era um legalista até onde ele sabia. Até mesmo os vagabundos lutavam por uma vida de vagabundagem. A vida era curta demais para que ele renunciasse à paróquia da Igreja anglicana, antes católica, com suas tumbas de cavaleiros, suas almofadas de reza, seus arranjos florais, seu atril de bronze na forma de uma águia. Não, a quietude desses lugares — a antiga porta da frente, o cemitério, a campina, a umidade — lhe dava uma sensação de pertencimento. James era leal a eles. Era tarde demais para que abandonasse o cânone inglês, de Chaucer a Dickens, os poetas da Primeira Guerra Mundial, Graham Greene batendo em suas teclas em meio ao nevoeiro e à garoa... Já tinha dito isso antes: ele era um oficial da inteligência que oferecia ajuda, falava árabe, lia profusamente, mas, se as cruzadas fossem invocadas — e Saif as estava invocando —, então ele era um cruzado. Se tivesse que morrer nas mãos de fanáticos, desejava permanecer familiar e coerente àqueles que havia amado e que o amaram.

Havia em torno deles uma proximidade de pássaros e barras prateadas de tarpões e elefantes em suas jornadas. As marés viravam. Se tivesse sorte, a chuva caía. Era bastante verde. A questão do paraíso se apresentava. Saif não falou das relações sexuais com as huris concedidas àqueles que se tornavam mártires no Ramadã (ao qual ele tinha direito), mas dos muitos rouxinóis que havia no paraíso, das flores perfumadas, da relva que se estendia. Era persa e iridescente de forma nada convincente, ainda mais vindo de um saudita que de jardins só conhecia as faixas de grama nos fundos de hotéis e prédios de escritórios em Jidá e Riade, regados com água tratada do esgoto antes do amanhecer. Saif, o Leão, tinha sido mais feliz no uadi, comendo carne de camelo, pois a vida lá era mais próxima do universo constante dos tapetes de oração e areia, e dos dias que esquentavam e esfriavam.

~⁓

Os católicos ingleses muitas vezes consideram *O livro dos mártires*, de Foxe, como propaganda protestante. Alguns chegam até a concordar com uma visão jesuíta da época que o classificava como "uma enorme pilha de estrume dos seus mártires fedorentos".

Foxe era um fanático mas também um homem bondoso e gentil, um bom amigo, segundo muitos relatos. Foi tutor dos filhos de Henry Howard, conde de Surrey, que foi executado por traição em 1547. Dentre as crianças, estavam Thomas, quarto duque de Norfolk; Jane, condessa de Westmoreland; Henry, conde de Northampton; e seu primo Charles, comandante da frota inglesa contra a Armada espanhola. Apesar da sua proximidade com os católicos Howards, Foxe estava envolvido com a supressão do culto à Virgem Maria. Ele escapou da Inglaterra durante o reino da rainha católica, Maria Tudor, e viveu na pobreza entre os protestantes em Antuérpia, Roterdã e Frankfurt. Escreveu seu primeiro relato sobre os mártires cristãos em Genebra, com particular atenção aos mártires protestantes, e voltou à Inglaterra quando Elizabeth assumiu o trono. As catedrais e todas as igrejas ricas compraram uma cópia do livro, assim como todos os bispos e eclesiásticos ambiciosos. Foxe se tornou uma celebridade literária. Edições posteriores de *O livro dos mártires* chegaram a milhares de páginas e listavam a sequência de morte de cada mártir com formalidade e um nível de detalhamento que nenhum jihadista algum dia atingirá. De fato, se o padrão da história dos mártires for estabelecido pelos padrões escassos da al Qaeda, Foxe, em comparação, poderia ser considerado um historiador de confiança.

~⁓

Ele era um católico inglês, muito distante da insistência do Saif com o espaço entre os dentes. Descendia de são Thomas More e, por parte de mãe, do abençoado William Howard, executado na trama papal de Titus Oate e beatificado pelo papa Pio XI. Ele venerava Donne, lia o republicano Milton e celebrava seus ancestrais recusantes e os capitães baleeiros que se seguiram, assim como advogados, fazendeiros, padres e vigários, jesuítas que trabalharam na Missão Inglesa e foram enterrados em Roma, muitas freiras beneditinas que entraram para os conventos em Leuven e Cambrai, oficiais coloniais, jornalistas, espiões de Roma e espiões de Londres; seu pai era Thomas More XVI.

Que Deus o ajudasse. Ele era um bolsão de umidade, esvaziando-se na areia.

Queria sair correndo como fez o agente de segurança francês em Mogadíscio, que se afastou na ponta dos pés enquanto seus sequestradores dormiam e escapou descalço pelas ruas da cidade partida à noite, chegando depois de muitas horas à segurança da Villa Somália, que serve como palácio presidencial do Governo Transicional da Somália.

A Inglaterra o havia perdido, a Grã-Bretanha o perdeu. Tudo era verde em cima e ao redor dele, mas não era o paraíso. A disputa de folhas, vinhas, brejos e areia movediça o levou de volta aos quadrinhos que lia quando criança, que muitas vezes tratavam de lutas contra os japoneses na Birmânia durante a Segunda Guerra Mundial. Os japoneses usavam óculos de aro grosso, sempre estreitando os olhos, e cruzavam a floresta com suas baionetas caladas, como insetos, até que se ouvia um grito de "Tommy, mostra pra eles!" no balão do quadrinho, e os britânicos e os americanos disparavam, e os japas, como se falava nos quadrinhos, eram lançados para trás numa explosão com um sonoro *aieeee*! Aieeee: uma palavra que ele, quando criança, pensava ser japonesa.

A base naval americana na baía de Manda era ainda mais perto que Lamu. A algumas horas de lancha. Escondido lá dentro, ele sabia, havia um heliporto e cabanas que pertenciam a uma unidade secreta que transportava SEALs e outros agentes especializados para a Somália após ataques aéreos contra o inimigo. A unidade tinha sido responsabilizada com provas das mortes: obtendo amostras de DNA dos cadáveres após um ataque aéreo.

O céu sempre podia se abrir. Em 2010, um dos principais comandantes da al Qaeda, Saleh Ali Nabhan, foi morto por um míssil americano. Ele viajava num comboio por uma estrada litorânea entre Mogadíscio e Kismayo. Alguns minutos após sua morte, os homens da baía de Manda desceram de rapel dos helicópteros. Tocando a Somália apenas com suas botas, sem nem mesmo desafivelar seus arreios, colocaram o cadáver de Nabhan e o de outro homem em sacos e os levaram para os helicópteros.

Era macabro quantos dedos e partes de mártires muçulmanos os Estados Unidos guardavam. Foram congelados e receberam um número. Quem sabia onde ficavam armazenadas essas relíquias, ou por quanto tempo, ou se um capelão muçulmano foi levado para rezar por eles?

Não havia como ele sinalizar para os americanos. O acampamento era indetectável por satélite, a não ser que houvesse alguma ideia de onde procurar. Mesmo que o encontrassem, seria quase impossível para eles matar os guerreiros santos e salvar apenas ele.

Havia terços, suor, pingos de chuva. Os homens se sentavam de pernas cruzadas sobre os panos. Em sua desilusão, as conversas sobre as batalhas aumentavam. Ele foi criado para ser misericordioso, mas o combate sempre se transformava em filmes de ação. Seus sequestradores mereciam morrer. Que fossem mártires. Era importante matá-los antes que lançassem outro ataque contra inocentes como fizeram em Kampala em 2010. A jihad não podia vencer.

Digamos que vencesse. O califado teria suas próprias estruturas de poder e seus carreiristas. Tudo seria esfregado com sabão barato. As mulheres seriam encapuzadas e colocadas em seu devido lugar. A macroeconomia estaria além de tal regime. O crime organizado prosperaria, pois os eclesiásticos não têm ideia de como lidar com pornografia, jogatina e vício em drogas, a não ser por meio de espancamentos públicos e execuções.

Leu a literatura jihadista. Respeitosamente, dizia as palavras em voz alta. O árabe era poderoso, mas sua mente estava voltada para outros livros. Preferia *A Nova Atlântida*, de Bacon, à *Utopia*, de More. Ele o havia lido várias vezes. A primeira foi por acaso, no Exército. O livro o confortava quase tanto quanto o rosário que recitava por proteção: ele propunha uma celebração de uma sociedade organizada em torno da busca pelo conhecimento e do dever da compaixão.

Colocou-se outra vez no navio que em 1623 partiu do Peru a caminho do Japão. A embarcação perdeu o rumo na vastidão inexplorada do Pacífico. Os marinheiros ficaram sem provisões e se preparavam para morrer quando avistaram terra no horizonte: Nova Atlântida. Aproximando-se, ficaram assombrados ao ver que não se tratava de um atol esquálido, mas sim de uma ilha com a vegetação baixa e específica de uma região setentrional — uma Gotlândia ou uma Anglesey. Entraram no porto da capital, Bensalem, uma cidadezinha, construída finamente em um estilo remanescente da Dalmácia e da senhorial Somerset, e foram recebidos com cordialidade por um homem com um lenço de cabeça mais delicado que um turbante turco. O personagem oriental, com cabelos que vinham de baixo do tecido, com o aspecto de um sufi gentil, era cristão. Nova Atlântida havia sido convertida ao cristianismo logo de início por causa do milagre de uma arca de cedro que havia afundado no mar Mediterrâneo e de maneira improvável tinha viajado com as correntes e emergido não longe de Nova Atlântida. Havia uma esfera de luz sobre ela e, quando uma frota se aproximou, ela se abriu e revelou um pilar de luz, "não pontudo, mas na forma de uma coluna, ou cilindro, erguendo-se do mar até o céu; no topo havia uma grande cruz feita de luz, mais clara e resplandecente que o corpo do pilar".

Enquanto a embarcação era reparada e suprida, os marinheiros foram levados para terra firme e acomodados em suntuosos alojamentos. Após algumas semanas de recuperação, foram levados para uma volta por Nova Atlântida e com muito cuidado fizeram questão de que eles fossem mantidos distante dos novos atlantes nas cidades periféricas.

Nova Atlântida era uma região onde as confrarias e a Igreja, os fazendeiros e os comerciantes, todos eram alegremente casados. Em suas colinas havia cavernas com fossos. Cientistas foram levados até o fundo por meio de cordas e lá coagularam, endureceram e refrigeraram materiais. Eremitas ficavam longe na mesma escuridão, sem velas. No alto dos morros havia torres de pedra e madeira para a observação de meteoros, raios, vento, neve e granizo.

Os novos atlantes estudaram a natureza e a imitaram. Desenvolveram máquinas voadoras e planaram dos morros, e tinham "barcos e navios para viajar debaixo d'água e explorar os mares".

Nas cidades havia instituições que lembravam a universidade de pesquisa moderna. Esses locais de invenção produziram giroscópios como os que seriam desenvolvidos posteriormente para submarinos nucleares e "relógios curiosos de mergulhadores e outros que pareciam girar ao contrário", todos eles "estranhos pela igualdade, fineza e sutileza". Os inventores, cientistas, homens misteriosos — os comerciantes da iluminação e da marcação do tempo —, todos desfilaram em procissão através das cidades. Os melhores daqueles que fizeram avançar a causa do conhecimento eram imortalizados numa galeria de estátuas, "algumas de bronze; outras de mármore e pedra de toque; algumas de cedro e outras madeiras especiais, douradas e adornadas; algumas de ferro; algumas de prata; algumas de ouro".

Muitas vezes em seu desânimo, ele se sentava numa parte fresca da galeria dos inventores de Nova Atlântida. Ficava oblíqua ao acampamento jihadista do século XXI, mas ainda assim estava conectada em sua mente, como, segundo supunha, estavam conectadas as cidades dos djins nas mentes de alguns muçulmanos, e de um modo como o mundo subaquático de Danny ainda não estava conectado. A galeria era de alvenaria da mais alta qualidade — vermelha, veneziana —, e a luz se inclinava através das janelas altas de uma maneira diferente da luz que atravessava as janelas nos cômodos frequentados por Yusuf al Afghani.

Se pudesse permanecer na galeria dos inventores, ele seria recolhido pelos novos atlantes e curado com bondade. Sua saúde se recuperaria e lhe mostrariam outras curiosidades, talvez uma pomba mecânica que, ao se dar corda nela, voaria pela extensão de um campo e retornaria com cada batida de asas de madeira, mais lenta e mais profunda, aparentemente cansada, até repousar em sua mão novamente.

Estava claro para ele. A autoridade religiosa não teria a menor chance quando tivesse que confrontar a questão da sobrevivência das espécies. Haveria uma mudança na moralidade da bondade para a necessidade. O islã e o cristianismo evangélico perderiam seu domínio tão rápido quanto a Igreja católica romana perdeu em Quebec em 1968. O que poderia ser alcançado pelo Juízo Final que os governos do futuro fascista não poderiam alcançar por si próprios? Novos cultos preocupados com o cultivo de partes do corpo e cérebros, ele acreditava, absorveriam a ação mística de anjos, demônios, milagres e mitos da criação. A crença religiosa seria reduzida a suas partes mais sensíveis.

Politicamente, a jihad se tornaria obsoleta, seus argumentos e métodos algo secundário, agitadores entre outros agitadores, como nos dias finais do anarquismo.

No tênis, o futuro decidia o passado: o local onde a raquete termina influencia aonde a bola vai. Tudo dependia do que vinha depois. Não havia futuro na política moderna. Dava para ver isso no fracasso dos políticos em lidar com as mudanças climáticas e na fala dos filósofos sobre vidas desperdiçadas.

Ele tinha certeza de que os milhares de imigrantes ilegais que viajavam pelo mar se transformariam em milhões. Quando as embarcações e os botes fossem virados, jogados e afundados, como inevitavelmente aconteceria, o autoritarismo viria logo em seguida. Haveria novos protestos raciais. Os muros já vinham sendo construídos mais altos e em forma de labirinto. Ele era um dos que estavam cimentando os tijolos. Tinha visto tal coisa nas embaixadas britânicas na África, onde a nova regra era que um africano que buscasse um visto para entrar no Reino Unido só poderia se encontrar com um oficial religioso de nacionalidade local — um pseudorromano — e jamais com um oficial do consulado britânico.

É claro que nada disso tocava na questão de Danny sobre uma reinvenção da humanidade, na qual a distinção genética dos seres humanos seria demolida.

Uma característica das criaturas marinhas é seu movimento constante. Nem a tristeza ou qualquer outra coisa podem pará-las. Um atum marcado recentemente na Martinica foi fisgado cinquenta dias depois em Breisundet, na Noruega, perto da cidade pesqueira de Ålesund.

A baleia-bicuda-de-cuvier mergulha, toca o ligamento da garganta do mar e sobe novamente. Ela pega ar à luz e depois volta para as profundezas. Ao passo que Cristo, após sua crucificação, continuou subindo do inferno por todos os céus visíveis e invisíveis até chegar à morada mais alta de Deus.

O termo em latim para a festa da ascensão é *ascencio*, que descreve como Cristo supostamente levitou da terra por sua própria vontade, deixando a marca do pé na rocha.

～～✺

Ela levou consigo uma calculadora de bolso, uma câmera digital, um caderno, lápis de grafite macio, uma garrafa térmica de café e uma marmita com pão, queijo e salame comprados num supermercado na Islândia. Thumbs lhe deu uma compilação de músicas para tocar na embarcação.

Era uma manhã clara. O mar estava calmo. O piloto entrou primeiro, depois o outro cientista e então ela. Dois homens, uma mulher. Ela calçava os mesmos tênis de corrida que usava para a esteira. Ela subiu pela escada e desceu pela escotilha. Era uma esfera espessa de níquel. Não havia necessidade de descompressão: a pressão interna era constante, de uma atmosfera. As paredes eram cobertas de botões e alavancas. Havia três janelas e três bancos acolchoados. O cheiro era de água sanitária e, por trás, de vômito. O tapete era bem fino, marrom, brilhoso; do tipo que se poderia encontrar na entrada de uma prisão ou de uma instalação militar. Ela colocou a touca de lã. A escotilha acima deles foi fechada e lacrada.

O *Nautile* foi baixado pela lateral para o interior do mar da Groenlândia. As correntes bateram, as últimas checagens foram feitas e em seguida eles afundaram. As cores que entravam na embarcação mudavam como a cor do céu vista por um foguete quando explode no espaço, embora numa densidade diferente: tinta escolar, azul, azul-escuro, preto. Ela viu trutas, estrelas-do-mar e pequenos camarões que zumbiam. A embarcação começou a respirar. O oxigênio era bombeado para dentro e o dióxido de carbono que expeliam era purificado por um filtro de hidróxido de lítio. A maior janela era para o piloto. A janela dela era do tamanho de uma tela de laptop. Ela apertou o rosto no painel espesso de quartzo. Queria sentir a tremulação do outro lado. Não conseguia enxergar muita coisa, os monitores das câmeras eram guias mais confiáveis. Mesmo assim, era importante ver com seus próprios olhos. Ela encarou a profundeza e a profundeza a encarou também.

Submarinos nucleares navegavam sem janelas nos baixios rasos, sem se preocupar em ver nada — apenas em ouvir, sem fazer nenhum barulho. Um submergível era exatamente o contrário. Era um mecanismo de observação: do *Nautile,* as pessoas observaram o casco do *Titanic.*

— Vamos lá, Danny, coloque a música para tocar — disse Peter, o cientista alemão.

— São as porcarias de sempre do Tom — protestou ela.

— Vamos passar o dia inteiro juntos — observou Étienne, o piloto.

E assim ela entregou a compilação de Thumbs. A letra da primeira música reverberou: *I travel the world and the seven seas.*

Étienne tocou o propulsor da popa. Eles afundaram, afundaram, afundaram. Todas as águas pesaram sobre suas cabeças: seiscentos e sete metros... seiscentos e trinta e quatro metros...

fora da zona mesopelágica... e dentro da zona batipelágica. Houve um tempo em que a soberania dos países terminava em cinco braças, a quilha de um navio, a extensão de uma âncora. Enki ficava a três mil cento e trinta e três metros, mil setecentas e quarenta e uma braças.

A esfera era pequena demais para se ficar de pé dentro dela; depois de uma hora, as pernas dela ficaram dormentes. Limpou a respiração condensada da janela e olhou para o lado de fora. Ainda havia uma hora de descida pela frente.

— Étienne, você poderia desligar as luzes? — pediu Peter.

— Todas elas?

— Sim, por favor.

Tudo o que pertencia a eles desapareceu, exceto as luzes dos comandos e da alavanca de emergência. A água estava viva com peixes e enguias bioluminescentes. As salpas e as águas--vivas se revelavam como luzes de discoteca quando o *Nautile* as tocava. Lá embaixo tudo falava por meio da luz: essa era a forma de comunicação mais comum no planeta. O peixe mais insignificante contava com as lanternas mais fortes. Havia peixes cobertos por uma capa de malha prateada para refletir a luz. A transparência era outra forma de proteção. Assim como emitir uma luz vermelha para parecer negro e, desse modo, invisível. Ou encher a barriga de tinta e assim desaparecer, tão certeiro quanto atravessar um portal mágico.

Havia uma lentidão naquela profundidade que combinava com a música de Ray Charles que estava tocando. *Here we go again, she's back in town again.*

— É você, Danny — disse Peter.

— Nos seus sonhos.

A escuridão era tão intensa que distorceu as lembranças que Danny tinha do pôr do sol no verão em Londres.

Desceram ainda mais.

— Podemos acender as luzes agora? — pediu Peter.

— Certamente — disse Étienne.

Tudo ficou iluminado. O emblema dourado de golfinho no gorro de Étienne brilhou.

A esfera rangia. Os microfones captavam chiados fantasmagóricos, batidas, lamúrias, gritos, uivos e disparos. As paredes esfriaram. Eram úmidas ao toque. Ela começou a sentir o cheiro dos homens; eles devem ter começado a sentir o cheiro dela. Limpou outra vez a condensação da janela com o cotovelo; novecentos e vinte e um metros... mil e quarenta e três metros.

— Estibordo. *Histioteuthis reversa*! — exclamou Peter.

Eles pairaram para olhar melhor. Ela aproximou a imagem com sua câmera de vídeo.

— Tem razão — admitiu ela.

As lulas eram brancas e pareciam cravejadas de esmeraldas e ametistas. Tinham um olho enorme de safira para enxergar ao redor e um olho minúsculo enfiado no corpo feito um órgão sexual. Nadavam num ângulo de quarenta e cinco graus para fazer uso de ambos os olhos.

Peter era musculoso, com cabelos despenteados; um ativista do meio ambiente. Étienne era mais clássico, com um nariz romano, bastante preciso; um sacristão, encantado com a vida ou consigo mesmo.

Peter falava da queda das baleias mortas. Tinha um forte sotaque alemão. Sua voz era aguda.

— Quero dizer, já pensaram em ver uma baleia morta passar afundando pelas nossas janelas? Elas descem bruscamente, assim — demonstrou ele. — Que festança para aqueles lá embaixo! Pensem no peso em vermes e piolhos no estômago.

Mil oitocentos e trinta metros... Mil oitocentos e trinta e dois metros. Estavam cobertos. Toda a Grã-Bretanha podia ser afundada sobre eles e o pico de Ben Nevis não veria um só traço da luz do dia.

Havia fileiras de águas-vivas com numerosos estômagos transparentes, todos eles pulsando. O oceano estava com fome. Era uma boca e uma sepultura.

Uma baleia-bicuda sofre um ataque cardíaco no mar da Ligúria e morre. Ela afunda e sua cabeça é esmagada nas paredes de um cânion submarino. Imediatamente as faces da pedra são tomadas por bactérias. Surgem vermes, caranguejos--aranha-gigante e todo tipo de criaturas se alimentando em uma única vértebra. Enguias-pelicano comem o peso do seu corpo em um minuto e então passam semanas sem comer. Os xarrocos se camuflam de modo que suas escamas são como o excremento luminescente da neve marinha. Outro peixe tenta comer o excremento e o xarroco abre sua boca cheia de presas.

Havia um peixe com um olho que cobria metade da cabeça. Ela viu um peixe de uma palidez mortal cuja cabeça era como uma esponja com furos feitos por um lápis. Cada um dos furos era um poro sensorial detectando os menores movimentos na sua proximidade.

O *Nautile* parou numa camada fria da água. Inclinou-se um pouco, endireitou-se, tremeu e continuou descendo. As camadas termais eram como uma escadaria. Ela disse "camada termal" e surgiu uma litografia do seu navio negreiro, congelado nessa camada, incapaz de afundar mais, sendo carregado para sempre pela Corrente Norte-Atlântica, seu fogo apagado, suas almas intactas, acorrentadas, os pulmões cheios de água.

— É assustador — comentou Peter. Estavam falando da profundeza. — Quero dizer, existe uma razão por que o inferno está lá embaixo. Existe uma razão por que o céu está acima. É condicionado pela evolução.

Étienne acreditava que, em termos geológicos, o homem seria uma espécie de curta duração.

— Somos venenosos. Somos breves. Somos o miojo da evolução.

— Miojo — repetiu ela. Se o mundo continuasse girando, se as águas permanecessem como eram, a profundeza seria constante até o fim do tempo geológico. Imediatamente produzida, imediatamente inexistente. Se o homem tivesse um senso de proporção, ele morreria de vergonha. Sua salvação era viver na negação. Ela não havia desistido, mas estava na balança. O *Homo sapiens* ou estava no início de uma longa jornada ou perto do fim de uma jornada muito breve. Se fosse uma odisseia, a história que havia se passado desde a Suméria eventualmente pareceria inestimável e selvagem. Se fosse uma curta empreitada, a marca do homem seria o entulho que ele havia enfiado no mundo.

— Mesmo nos alimentando de vacas, maçãs, de tudo por aí com os nossos bilhões, sabemos que não somos nada comparados à vida lá embaixo. Essa vida não pode ser destruída, ela se alimenta da morte, ou de menos que a morte; ela se reconfigura e segue adiante para águas mais quentes.

Muito dependerá da capacidade dos cientistas de manipular a vida microbiana para que no futuro ela possa ser inserida nos eixos de uma órbita irradiada e impulsionar a vida. Assim que aprendermos a jogar uma cúpula sobre uma rocha e a calibrar a gravidade, de modo que ela não nos estique ou encolha, deixe enjoado, entorpecido ou deprimido, então a lua animada poderá servir como uma nave. Ela ficará no centro de uma bola de água do tamanho de Saturno e navegará através do espaço, envolvida, um Abzu em miniatura, uma bola de gude dentro de uma bola de gude.

Os desafios do novo mundo serão similares àqueles no fundo do mar: como evitar predadores, como comer e como encontrar um companheiro.

É compreensível que você queira voltar como você mesmo a um país de maravilhas com a cor viva da Dama de Copas de um baralho que acabou de ser aberto. Mas voltar como você mesmo é ressuscitar. É incomum. Pode ser até maior que o escopo da matemática.

Não podemos falar com precisão sobre nossas almas, mas é certo que iremos nos decompor. Algum pó do nosso corpo pode acabar num cavalo, numa vespa ou num frango, numa rã, numa flor ou numa folha, mas para cada uma dessas sensacionais aglomerações existe um quintilhão de micro-organismos. É muito mais provável que a maioria de nós se torne um protista do que um rato-silvestre do tamanho de um arranha-céu. O provável é que, mais cedo ou mais tarde, carregado pelo vento e pelos rios, ou com sua sepultura engolfada pelo mar, uma porção de cada um de nós ganhe vida nova nas brechas, nas fontes ou nas piscinas de enxofre derretido, onde patina o cinoglossídeo.

Você estará no Hades, o destino final do espírito dos mortos. Será afogado no esquecimento, no rio Lete, engolindo água para apagar toda a memória. Não será o ventre nutritivo em que começou sua vida. Será uma submersão. Você assumirá o seu lugar nas fissuras ferventes, entre as hordas abundantes de inúmeros organismos que não imitam nenhuma forma, porque eles são toda a fundação de todas as formas. Em sua reanimação, você só terá consciência de que é um fragmento do que foi certa vez e não está mais morto. Às vezes, isso será uma sensação elétrica, às vezes uma sensação do ácido que você come, ou da fornalha debaixo de você. Você vai roubar e estuprar outras células no escuro por uma aparente eternidade, mas nada resultará disso. O Hades evoluiu ao maior estágio de simplicidade. É estável. Enquanto você é uma torre cambaleante, tão jovem em termos evolucionários e viciado na consciência.

Ele viu cordeiros saltando no morro perto do poço do djim. Seria um futuro ecológico, em que até mesmo o gás das cremações seria capturado para gerar energia. No entanto, sua experiência na Somália — com trevas e escassez, a condição faminta do povo somali, a desolação do uadi, seu conflito em nome da iluminação (assim ele se convencia) — pareceria uma vida bucaneira para muitos no futuro, a ser invejada acima de um mundo em que cada criança seria registrada ao nascer e monitorada com implantes encravados no osso.

Em outra das cartas que tinha escrito para ele, Danny havia relatado o imenso prazer de cuidar de um cachorro para um amigo; levar o cão para passear, escovar seu pelo, tentar ler suas expressões à noite, antes de girar continuamente em torno de pensamentos sobre os novos seres humanos que estarão disponíveis dentro de poucas décadas:

Eu me pergunto se teremos algo de Jenny em nós. Seus olhos, seu rabo abanando, sua vontade de agradar. Provavelmente não. Teremos novos músculos e ligamentos, uma nova pele, novos olhos e ouvidos. Qual é o lema olímpico? Mais rápido, mais alto, mais forte? É predatório. Vamos atrás de cobras, de gaviões e tubarões. Algo terá a ver com genes, uniões, mas muito será tecnologia. Um exoesqueleto de metal, eu acharia. Mais elasticidade, melhor proteção. Poderíamos encontrar uma maneira de juntar a memória humana a um computador central...

A carta falava então das últimas novidades e de planos de férias, e depois voltava ao assunto.

As pessoas que dizem não a atualizações vão acabar em estacionamentos para trailers e lugares selvagens. Ficarão mais lentas e mais fracas em relação às outras. Com o tempo se transformarão em curiosidades, bestas humanas, até que a curiosidade morre, como aconteceu com o artista da fome de Kafka, que jejuou até a morte numa jaula e foi substituído por uma pantera.

Seu cérebro era matéria branca: espermacete, galantina. As formas que brincavam no interior de suas pálpebras eram vívidas e, quando entrou ainda mais em Nova Atlântida e viu que a corrida mais importante da temporada acontecia num hipódromo muito parecido com aquele da sua cidade no norte da Inglaterra — uma corrida sem obstáculos que era disputada desde o reino de Jorge III —, ele percebeu que o nome das aldeias de Nova Atlântida eram anglo-saxônicos e que isso era natural, porque os anglos e os saxões vinham de um cenário seme-lhante ao daquela ilha remota — sua linguagem era sensível a inclinações na terra, à galeria de escoamento debaixo de um morro, aos declives e às colinas, havia prados, várzeas, arvo-redos, vales e descampados em Nova Atlântida como havia na Inglaterra. Os somalis devem ter palavras similares. A terra pela qual ele tinha passado de caminhão havia abrasado; não tinha água, nem marcas nem nome para ele, assim como os uadis, as árvores solitárias e as sombras nas fendas das terras devastadas.

Havia dias em que o vento soprava mais forte antes da chuva e ele tinha de ancorar seu mosquiteiro com pedras. O riacho ficava cor de jade, caranguejos passavam rapidamente em maiores números pelos bancos de lama de uma colônia para outra. A maré subia e havia tiroteio e gritos na floresta.

Quase todas as suas sóbrias passagens de pensamento en-volviam pessoas mortas havia muito tempo. Desejava estar na Inglaterra, seguindo pela borda de um bosque... Deus, chega. Queria estar com ela. Era tudo. Não importava onde. Tinha sido treinado para afastar pensamentos sobre o que podia ser, mas agora estava no local dos mártires e se distanciava e não havia mais espaço para a morte, só havia espaço para a vida, para ela. Era tão bonita, para ele, tão forte, tão verdadeira. Mais que tudo, queria abraçá-la. Podia sentir o abraço, a camisa dela, seus ombros, suas mãos o embalando; ele soluçando dentro dela, chorando como se faz nos sonhos, sem nenhuma inibição. Ele havia revivido cada palavra, cada experiência com ela; tentado entendê-las. E a alegria; a alegria era que não estava inventando. Ela se sentia do mesmo jeito. Dizia isso nas cartas que tinha mandado para ele, sempre cartas físicas, escritas à mão, para que ele nunca se sentisse em liberdade para arquivá-la, disse ela, ou de compartilhá-la numa tela.

Mas a morte não sente remorso. A morte é a maré que varre a consciência. É o zero absoluto que interrompe qualquer aceleração. A poesia fala do oceano como um túmulo, enquanto a ciência o reconhece como um ventre. Se se deve definhar ou morrer violentamente à luz da manhã, então um enterro no mar poderia resolver essa visão conflitante. Embrulhe-me numa rede de dormir e me deixe nas profundezas... Você gostaria de submergir numa grande profundidade ou de ficar a apenas uma braça da superfície, sobre um recife, gentilmente embalado, até que seus ossos se transformem em coral e você sofra uma mutação marinha, tornando-se algo precioso e estranho?

Mais ou menos um ano antes — parecia uma vida inteira —, ele havia comparecido a um jantar numa fazenda não longe do monte Quênia. Era bem frequentada, muito chique, mas o ânimo era reprimido: um membro da realeza europeia que tinha sido amigo íntimo dos anfitriões se encontrava com uma doença grave no seu palácio que dava para o mar do Norte. Esse nobre tinha prometido — de forma extravagante ou num impulso junguiano — que sua alma assumiria a forma de um demônio na hora de sua morte e apareceria para os amigos. Durante o prato principal, um pássaro de penas vermelhas no peito apareceu na varanda. Ninguém à mesa tinha visto antes um pássaro como aquele, comentaram os presentes. O pássaro não se instalou no telhado de palha com os tecelões, mas empoleirou-se num vaso diante da anfitriã. Olhou para ela, inclinando a cabeça para um lado do jeito que os pássaros fazem e, em seguida, saltitou pela sala observando os outros à mesa.

— Meu Deus, é Bernard — comentou a anfitriã.

Todo mundo ficou em silêncio.

— Bernard! — gritou ela, e o pássaro deu um trinado, fez uma reverência e voou embora.

— Com licença — disse a anfitriã —, eu preciso ligar para a Europa.

Evidentemente, foi informada de que o príncipe tinha morrido poucos minutos antes.

Que forma ele poderia assumir na morte? Se pudesse aparecer para Danny, seria uma pequena coruja africana, esvoaçando na sua portinhola. Se pudesse apenas mandar uma mensagem, algum sinal da vida após a morte, ele devolveria a ela a inscrição que ela tinha feito por dentro da sobrecapa de um dos seus livros, tirada de Jó:

> Entraste tu até as origens do mar, ou passeaste no mais profundo do abismo? Ou descobriram-se-te às portas da morte, ou viste as portas da sombra da morte? Ou com o teu entendimento chegaste às larguras da terra? Faze-mo saber, se sabes tudo isto.

Teria mensagens para sua família e para seus amigos, mas a passagem de Jó seria seu sinal para ela.

A Caaba era o espaço vazio ao qual todos os muçulmanos dirigiam suas orações. Ele era cético. Católico, inglês, desejava uma Nova Atlântida, uma All Souls College varrida pelo vento — ainda assim, a Caaba o fazia tremer. Se lhe fosse permitida uma ordem sobrenatural, ele a usaria para que ela conseguisse uma dispensa para estudar a vida microbiana dentro da Caaba.

~~~

Estava de pé no riacho, lavando-se. Ablução, sem ritmo, sem convicção. Ele o viu chegar poucos segundos antes de explodir. Seu nariz arrebitado tinha o mesmo tom amarronzado da braçadeira que os paraquedistas do 1º Batalhão usavam no braço direito. Era a sua cor. Vinha na sua direção.

Como rodopiava enquanto caía. Ficou paralisado. Pensou num tobogã em espiral de um parque de diversões, a descida sobre tapetes de juta cheios de areia, aquelas cores rodando e rodando, "Tumulto, não tema cores, enfrente-o, surre-o!"

Cintilava. Lançava fogo pela cauda. Era uma criação impressionante. Inteiramente humana, totalmente americana. Tinha sido lançada sobre a curvatura da terra partindo de um submarino na costa da Somália. A viscosidade da água do mar a tantas braças, a ejeção dos motores do foguete durante o voo, a carga de explosivos, o efeito Coriolis aplicado ao equador, todas essas considerações tinham sido levadas em conta por mentes e máquinas e, no entanto, era impossível não ver, no momento final, o míssil como algo mais.

Houve tiros de metralhadoras.

— Estou sangrando — gritou alguém em árabe.

— *Allahu Akbar!* — foi a última coisa que ouviu.

Ele mergulhou no riacho. Com toda a sua força, jogou-se ao fundo. Adição, subtração. Sua cabeça parou como uma roda de roleta. Seu último pensamento, peculiarmente, abençoadamente, foi dos mercados de lã em *Piers the Ploughman*, de Langland. O mercador de vinho gritando "Vinhos da Alsácia! Vinhos da Gasconha! Vinhos do Reno!".

A superfície explodiu como uma estrela. As margens do riacho foram jogadas para o céu. O ruído foi tão alto que se tornou silêncio. Então houve aquela luz secundária de platina que transforma os corpos em cinzas.

O sol corria tão rápido, as estrelas mais rápido ainda, no entanto não tão rápido quanto o corpo do jovem More para a terra. Ele emergiu para respirar em águas sangrentas, com caranguejos cozidos, com mártires. Olhou para a morte, mergulhou de novo e nadou para longe, para os bonis, para o Quênia. Nesse sentido, pelo menos, sua submersão foi rasa.

～〜⌒〜⌒〜

Três mil e oitenta e oito metros... Três mil cento e vinte...

— Aí está finalmente, Danny — disse Étienne, com sentimento. — A sua Enki.

Dirigiram-se lentamente para uma coluna do tamanho de um prédio de escritórios. Suas chaminés se agitavam como um monte de turcos levantando a cabeça e expelindo fumaça de cigarros através de suas narinas.

Era ao estilo de Gaudi; encaroçado, nodoso, cor de ferrugem da oxidação, negro em algumas partes, em outras salpicado de branco por tapetes de bactérias. Anfípodes dançavam nas bordas dos respiradouros. Vermes tubulares balançavam como galos pesados. Havia mexilhões e outros bivalves. Peixes cegos nadavam em círculo. Os turcos continuavam sentados muito quietos, fumando, olhando para eles.

Depois de algum tempo na base da coluna, Étienne subiu com o *Nautile* e o conduziu até onde o piso da terra estava rachado. Não havia fogo nem brasa. O magma era vítreo e frio. A luz se lançou nos seus pesados detritos de neve marinha; era inútil pensar que o abismo podia ser iluminado por iodeto de tálio. Ela estava animada, atenta, mas ao mesmo tempo pensava: os lugares onde teremos que morar como uma espécie são terríveis. Teremos que nos acomodar em ambientes para os quais não evoluímos, nos alojar dentro deles, articular nossos corpos no interior de uma roupa de titânio e de outros materiais. Ela sentiu agudamente a concavidade metálica dentro do submergível — o ar viciado, o suor de Peter e Étienne, o cheiro de vômito, de alvejante...

Com imenso cuidado, Étienne colocou o *Nautile* na beira de uma fenda. Estenderam o braço do robô para raspar bactérias do seu interior. Ela ajustou seu peso no banco, e o aparelho por sua vez pousou na fina lama de sílica, no limo diatomáceo de criaturas mortas que na terra era usado como pó de limpeza.

Étienne apagou os refletores.

— Testando sistemas.

Não se falaram. Havia apenas o som de sua respiração. Ela tocou com a testa no quartzo. Do lado de fora, um negror viscoso fluía para dentro de mais negror. Meu Deus, era um transe, era a pintura mais ardente. Uma sensação poderosa de vertigem tomou conta dela, de um tipo que ela não experimentava desde o dia em que havia tentado entrar no bosque atrás de James no terreno do Hotel Atlantic. Sentiu que o *Nautile* estava perto demais da fenda, que eles estavam balançando e iam cair no fim do mundo, na verdadeira profundeza. Sentiu que o *Nautile* se despedaçaria, os três cairiam e ela própria levaria um tombo igual ao de Alice, mas não cairia no País das Maravilhas. Seu corpo seria um sopro de vida, desaparecido, instantaneamente, sem nenhuma possibilidade de subida, e o mesmo aconteceria com Peter e Étienne, cada um deles se transformando numa sopa química.

Ascende-se verticalmente ao céu, afunda-se no inferno. Sobe-se de foguete ao espaço, afoga-se num navio negreiro. O mar abrangente de Abzu fazia mais sentido que qualquer plano astral proposto pelas grandes religiões. Por que não um mar além do universo, seguindo rapidamente para as estrelas?

Ela admirava a musculatura dos dançarinos de balé, mas entendia que eram seres líquidos, vidas de gavinha que se arrastavam. As bexigas de gás dos peixes estouravam e enchiam suas bocas quando as redes eram içadas. Salpas perdiam a estrutura, morriam e se tornavam indefiníveis na superfície. Todas as criaturas vivas eram, a certa altura, desmontadas. Era só uma questão de quais partes se acabavam e quais eram transformadas em algo novo. O volume de vida na profundeza, sua complexidade e auto-organização, iria, ao longo de milhões de anos, acolher os desmontados da terra à medida que se desintegravam no mar e eram levados por rios e chuvas. Era dramático dizer que almas condenadas seriam cozidas em agonia enquanto prostitutas satânicas as cortavam com as unhas e outras com corpos flácidos e escamosos as arremessavam nas obsidianas reluzentes...

Estava tranquilo, de certo modo. Não havia tempestades nem ondas fortes, a água estava muito calma. Será que o abismo cantava sobre si mesmo? Vista de baixo, a superfície parecia o paraíso. Vista do céu, ela pensou, era um mar turbulento, um ar infernal obscuro. Os seres humanos estavam entre mundos, eram seres entre dois extremos, que não sabiam onde estava a luz nem onde morava a escuridão.

Seus olhos se adaptaram. Lá estavam os comutadores suavemente iluminados, como sinais de fumaça em velhos aviões comerciais à noite; a associação com a vida sem emendas, o conforto da percepção coletiva, a nostalgia comum. Ela podia ver Étienne, inclinando-se para a frente. A sensação de vertigem a deixou. Ela sentiu como se pertencesse mais claramente ao presente.

— Muito bem — disse Étienne. — Vamos subir.

Outro epitáfio seria do poeta romano Horácio:
"Mergulhe algo nas profundezas: ele volta à tona mais belo."

AGRADECIMENTOS

Gostaria de lembrar:

O agente secreto francês da DSGE, Denis Allex, que foi capturado pelo grupo ligado à al Qaeda, o Shabab, em Mogadíscio em 14 de julho de 2009 e ainda é mantido refém.

As centenas de marinheiros e iatistas capturados no mar por piratas somalis e mantidos sob a mira de armas na costa da Somália.

Asho Duhulow, que foi apedrejada até a morte em Kismayo em 27 de outubro de 2008. Ela tinha 13 anos.

As dezenas de milhares de vítimas da escassez de comida na Somália em 2011.

No outono de 2011, alguns meses depois da publicação da primeira edição de *Submersão*, mísseis foram lançados nos manguezais em torno de Ras Kamboni. Dezenas de jihadistas foram mortos. Desde então, o Quênia invadiu o sul da Somália e suas tropas avançam até Kismayo. Os jihadistas da cidade continuam resistindo, dizendo à população: "Cada um de vocês que morre aqui é um mujahid e vai ter acesso ao paraíso."

Além disso, também desde que a primeira edição foi publicada, o cineasta canadense e explorador de águas profundas, James Cameron, chegou ao fundo da depressão Challenger. Em 26 de março de 2012, o senhor Cameron fez uma jornada de onze quilômetros até o ponto mais profundo de nossa biosfera num submersível em que cabia apenas um homem que ele havia ajudado a projetar. "Eu me senti completamente isolado de toda a humanidade", disse.

Obrigado:

À Instituição de Oceanografia Woods Hole, à Universidade de Columbia e à ETH Zurich, cujos cientistas pacientes e brilhantes me introduziram ao mundo da oceanografia.

Aos meus amigos na maravilhosa nação da Somália, que me deram boas-vindas num tempo de desgraça.

Ao *The Economist*, por me permitir acompanhar a história.

Ao Tasmanian Writers Centre, por generosamente me oferecer um espaço para escrever.

Este livro foi composto na tipologia Versailles
LT Std, em corpo 11/16, e impresso em
papel off-white no Sistema Cameron da
Divisão Gráfica da Distribuidora Record.